산다는 것은
한 편의 詩

정상화 제2시집

시음사
시사랑음악사랑

자연을 노래하는 농민 시인 정상화

정상화 시인은 농부이면서도 시인이다. 자연을 키우는 시인은 세상 사람들에게 꿈을 나누어주려 메마른 대지에 씨앗을 뿌리고 그것을 잘 키워서 수확하는 일이 인간의 기본적인 행동이라 여기며 대지에는 씨를 뿌리고 마음의 텃밭에는 창작의 새순을 심어 세상의 많은 이들에게 그 열매를 나누어 주고 싶은 시인이라고 정상화 시인의 첫 시집 추천글에 쓴 적이 있다. 두 번째 세 번째 아니 백 권의 저서를 발표한다 해도 같은 말을 해주고 싶은 시인이 바로 정상화 시인이다. 정상화 시인의 작품을 정독 하다 보면 아름답거나 미사여구의 사용을 절제 하면서도 운율 같은 군더더기 없이 시인만의 직설화법으로 의인법과 의성법을 적절히 사용하면서 자연과 사람 그리고 추억, 회상, 고향의 정취까지 한 폭의 그림을 그리듯 詩作을 하는 시인이다.

철학자 소로는 "책은 세계의 보배이며, 세대와 국민이 상속 받기 알맞은 재산이다."라는 글을 남겼다. 우리가 살아오면서 얼마나 많은 책을 접하고 살까? 고전 문학 작품에서부터 현대 문학까지를 섭렵한다 해도 시를 접하지 않는다면 문학의 깊이와 문학만이 가지고 있는 힘을 알지 못한다고 했다. 한 권의 시집이 주는 풍요로운 삶, 그리고 정서적인 안정감, 이런 통속적인 단어 말고도 한 권의 시집은 스마트폰에 빠져 허우적대는 현대인들과 후안무치함을 보여 주는 일부의 사람들에게 권하고 싶은 책이 바로 정상화 시인의 시집 "산다는 것은 한 편의 詩"일 것이다. 정상화 시인은 "스스로 피어짐이 아름다운 것을" 첫 시집 발행하고 언론사에 집중적인 조명을 받아 시인의 작품이 노래로 만들어지고 많은 작품이 시낭송으로도 제작되어 대중과 함께 하는 시인이다. 자연과 함께 시를 짓는 농민 시인 정상화 시인의 두 번째 시집 "산다는 것은 한 편의 詩"를 기쁜 마음으로 추천한다.

사단법인 창작문학예술인협의회 이사장 김락호

시인의 말

제 2시집 "산다는 것은 한 편의 詩"를 출간하며 멋모르고 제 1시집을 세상에 내놓았던 기쁨과는 또 다른 감회가 밀려옵니다. 삶과 생각과 글이 일치하는 문학 어쩜 허구의 예술을 벗어 난다 하여도 독자적 장르를 걷고 싶었습니다.

"행복한 사람은 詩를 쓰지 않는다"는 어느 시인의 말처럼 이순(耳順)을 넘긴 나이에 지나온 삶을 반추해 보면 가난과 아픔 이별과 만남 속에 사는가 싶게 살아온 순간이 얼마나 될까? 하는 후회와 반성을 해 봅니다.

'사랑보다 더 사랑스러운, 슬픔보다 더 슬픔스러운' 삶을 산 순간도 있었습니다. 여름날 새벽 햇살이 논두렁에 입맞춤할 때 반짝이는 물꽃을 장화발로 밟을 수 없어 망설였던 순간의 깨달음은 인간은 자연의 일부라는 것이었습니다.

자연에서 태어나서 자연으로 돌아가는 잠깐 쉬었다 가는 시간 속에 만나지는 인연과 함께 마지막 한 숨이 남는 순간 한 잔의 술을 따르고 한 편의 詩로 건배사를 하며 정상화 이름 석 자의 흔적을 남기고 싶습니다.

산다는 것은 가슴 울리는 한 편의 詩다 **시인 정상화**

목차

8 ... 풀꽃

9 ... 겨울 매화 앞에서

10 ... 어무이는 KBS 라디오

12 ... 가장 아름다운 가슴

13 ... 이름 모를 잡초의 꿈

14 ... 마지막 이별 앞에

15 ... 사랑을 아는가

16 ... 작은 떨림으로 살자

17 ... 정말 모르겠다

18 ... 진정한 행복의 미소

19 ... 착각의 껍질

20 ... 사랑은 쉽다

22 ... 희망의 속울음

24 ... 아름다운 인생

26 ... 미워할 수 없는 년

27 ... 무명 시인의 독백

28 ... 이렇게 살자

29 ... 광대나물꽃이 줄을 탄다

30 ... 봄까치꽃의 사랑

32 ... 詩는 침묵으로 말해야지

33 ... 뒤땅

34 ... 혼자만의 생각일까

35 ... 통도사 홍매화

36 ... 파도

37 ... 농심(農心)

38 ... 몽돌의 독백

40 ... 아름다운 뒷모습

42 ... 물꽃

43 ... 아낌없는 희생

44 ... 꿈의 향기

45 ... 쌀(米)

46 ... 가슴에 투명유리를 달고 싶다

47 ... 마음을 비우면

48 ... 웃음도 눈물도 내 삶이다

49 ... 농부

50 ... 농부의 가을은

51 ... 남겨진 한 마디

52 ... 낫질 속에 담긴 사랑

54 ... 흙은 농부의 가슴

55 ... 나도 가끔은 울고 싶다

56 ... 정(情)
57 ... 가을걷이
58 ... 미친 놈 좀 보소
59 ... 커피보다 싸다
60 ... 아름다운 세상은
61 ... 땅이 가슴으로 詩를 쓴다
62 ... 언제나 희망
63 ... 나도 살아야겠다
64 ... 농부의 심장도 붉다
65 ... 송이
66 ... 소와 나
68 ... 아름다운 생명
69 ... 외면
70 ... 농부의 가슴은 아픈데
72 ... 꽃으로 살고 싶다
74 ... 하늘과 땅의 만남
75 ... 미완의 그림
76 ... 메깃국
78 ... 쓰러지면 쭉정인데
79 ... 그리움
80 ... 그러하더라도 사랑해야지
82 ... 아름다운 인연을 만나는 것은
84 ... 어떤 반성
86 ... 거시기만 비잡다
87 ... 수잉기(穗孕期)
88 ... 첫 개화(開花)
90 ... 마지막 뒤꿈치
92 ... 겉만 보고서
93 ... 콩골 타기
94 ... 달콤한 고백
96 ... 부끄럽다
98 ... 갈대의 울음
99 ... 접시꽃
100 ... 나의 채전에 가면
102 ... 땅강아지
104 ... 표절
106 ... 인생살이 구단
108 ... 그러하더라도 사랑하라
111 ... 내 삶
112 ... 가난이 남긴 흔적

목차

114 ... 어무이 뒤끝
116 ... 삽질
119 ... 꿩알 한 개
120 ... 필때만 이쁘냐
122 ... 그리움은 사랑입니다
124 ... 사랑은 아름답다
126 ... 벚꽃
127 ... 목 련
128 ... 인연
130 ... 물꼬
132 ... 어떤 이별
133 ... 강아지풀
134 ... 하얀 사랑
135 ... 나리꽃 2
136 ... 이순 耳順의 나이
138 ... 수선화
139 ... 부모의 가슴은
140 ... 사람 사는 세상
142 ... 물거품 (泡沫)
144 ... 사람은 자연이다
145 ... 미꾸라지의 독백
146 ... 방생 아닌 방생
148 ... 염소치기의 하루
149 ... 믿음보다 강한 본능
150 ... 농부의 횡포
152 ... 깨달음
154 ... 술이 밉다
156 ... 순간의 행복에 젖어
158 ... 꽃이 아름다운 것은
160 ... 농부의 빈 가슴에
162 ... 어미 소 반란
164 ... 시래기 삶이 부럽다
166 ... 어무이도 여자였다
168 ... 행복은 느낌
169 ... 겨울비
170 ... 겨울을 걷는 새싹
172 ... 배추김치
173 ... 홍시2
174 ... 침묵하고 싶었는데
175 ... 아이스께끼의 흔적

스마트폰으로 **QR** 코드를 스캔하면
시낭송을 감상할 수 있습니다.

 제목 : 갈대의 울음
시낭송 : 박영애

 제목 : 아름다운 인연을
　　　　　　만나는 것은
시낭송 : 박영애

 제목 : 그리움
시낭송 : 김지원

 제목 : 첫 개화
시낭송 : 최명자

 제목 : 그리움은 사랑입니다
시낭송 : 박영애

 제목 : 땅이 가슴으로
　　　　　　詩를 쓴다
시낭송 : 김기월

 제목 : 나도 가끔은 울고 싶다
시낭송 : 박순애

 제목 : 침묵하고 싶었는데
시낭송 : 김락호

 제목 : 쌀
시낭송 : 박영애

 제목 : 아이스께끼의 흔적
시낭송 : 박태임

풀꽃

논두렁 후미진 곳이면 어떠리
담벼락 성글은 구멍이면 어떠리
바람에 실려 앉은 곳이 내 집이니
쫓겨날 일 간섭 받을 일 없어라
봄이면 봄의 꽃이 되고
여름이면 여름의 꽃이 되고
가을이면 가을의 꽃이 되고
겨울이면 겨울의 꽃이 된다
불릴 이름 없어 뒤돌아 볼 일 없고
보아 주는 이 없이 꾸밀 일 없어라
작은 사랑 하나 꽃씨로 품어
마주 보며 도란도란 눈물겹게
다정히 살고 싶어라
밟으면 밟힐수록 들판을 점령하니
밟지 마라
애처롭게 쳐다보지 마라
아는 체 하지 마라
작은 모퉁이 바람이 실어다 준 대로
이름 없는 풀꽃으로 멋대로
살고 싶어라
그냥 그렇게
피었다
지고 싶어라

겨울 매화 앞에서

봄은 아직도 저 멀리 있는데
곡괭이로 힘껏 내리쳐도
튕겨 나오는 언 땅 깊은 어둠의
침묵 속에서 가는 뿌리 떨며
밀어 올린 가지 끝에 피어난
그리움 하나

어느 누가 사랑을 위해 목숨 건
의연한 길 걸을 수 있을까

심장을 멈추고 눈을 맞추다
향기에 꼬임 당한
깊은 입맞춤의 뜨거움으로
겨울이 녹고 있다

어무이는 KBS 라디오

지난 시간
소리 없는 흐느낌
술로 한세월 돌직구 정의파
고기 좋아하신 아부지
돼지머리 이천 원 주고 사오셨는데
어무이 돈 아까워 악을 쓰시니
돼지머리 마당에 뒹굴고
아부지 가출하신다 나가시고
어무이 화를 못 이겨 바들거리시고
아부지 어무이 싸우는 밑바닥에
깔린 근본은 가난의 극복과 육남매
뒷바라지이었습니다
모내기 때문에 논바닥에서 싸우신 어느 날
농약 밀가루 비벼 드시고
쓰러지신 어무이를 부축해 산길을 달려 위세척한 순간
당신의 삶이 얼마나 무거웠을까
중학생 가슴도 아팠습니다
화를 삼키신 어무이
농약의 잔재 후유증이 뇌종양 되고
죽음의 고비를 넘기신 지금도
일에 대한 집착으로 온몸은 어그러져 아픔만 남았습니다
어무이
남은 인생 당신을 위해 사세요

사랑도 미움도 아픔도 모두 내려
놓고 웃으며 살아요
비 오면 비를 맞고 눈 오면 눈을
맞으며
수제비면 어떠리
이밥이면 어떠리
어무이 그냥 웃으며 살아요
밤마다 지나온 삶 KBS 라디오
되어 흘러도 좋으니 오래 사셔요
건전지는 충분하니까요

가장 아름다운 가슴

겨울비 내린 뜰
얼었던 땅이 가슴을 풀고
유혹한다
호미로 살짝 긁으니
가는 신음 토하며 하얀 더덕 싹을
내어 준다
강추위 속에서도
생명을 품고 봄을 기다리며
작은 움직임으로 피고 질 흐름에
순응했던 게야
풀씨면 어떠리
꽃씨면 어떠리
모두를 품고 생명을 키우는 흙
뿌린 만큼 땀 흘린 만큼 보여주는
거짓 없는 가슴이 탱글거린다
심장이 뛴다
손이 떨린다

이름 모를 잡초의 꿈

바람에 밀려 뒹굴다
보도블록 사이에 끼어 옴짝달싹
못하고 지쳐 잠든 순간
가랑비 유혹으로 싹 틔우고
뿌리 내렸어도
지나가는 구둣발 숫자만큼
대가리 짓눌리고 아팠어도
오기로 버티며 자신을 원망하지
않았다
뿌리 내린 이곳에 찰나지간
꽃을 피워 호드락바람 불 때
씨앗을 날려 보낼 꿈이 있기에
봄은 저 멀리 있고
시린 바닥에 앉아 하늘처럼
푸른 울음으로 언 발을 녹인다
지난 시간
헛되게 보낸 게 아니리라

마지막 이별 앞에

언양 장날이 미운 새벽
강산이 변한 세월 함께했던
순둥이와 이별을 준비한다
사료와 짚도 듬뿍 주고
따스한 물도 배부르게 먹이고
눈을 맞춘다
아들 딸 등록금 주기 위해
새끼를 생이별 시킬 때마다
일주일을 울며 나를 원망했던 너
내 삶의 경제적 힘이 되어 준
네 소중한 희생 앞에 눈물이 난다
소차가 도착하고
고비를 바투 잡아 마지막 죽음으로
인도하는 소 장수가 밀고
주검마저 나를 위한 몸짓
뚜벅이며 버티는 네 발통이
내 심장을 밟는다

사랑을 아는가

모든 것에는 이름이 있다
신이 세상을 창조하고
아담에게
이름을 짓게 했고
그 이름이 불리어 지고 있다
장미 호랑이 하늘 돌 소나무....
이게 무슨 꽃이지?
안개꽃입니다
단지 그렇게 불리어질 뿐
그 속성은 모른다
안개꽃으로 불리었기에
안개꽃으로 피고 진다
우리
불리어진 이름에 부끄럽지 않게
가슴 저미게 살아야 하지 않을까
사랑을 하면서도 사랑을
모르는 데
무엇을 안다고 하는가

작은 떨림으로 살자

행복은 어디 있을까
지난 시간 곱씹어 밤을 지새워도
오지 않은 내일에 가슴 부풀어도
행복은 아니야
과거를 바탕으로
미래의 꿈을 향한 노력은
삶의 과정일 뿐
머릿속에 복잡한 생각을 담고
뒤뚱거리지 말고
눈길 닿는 곳에 마음을 모으면
찰나의 떨림이 시작되는 것
행복은 지금 이 순간에 있는 게야
두 손 맞잡고 따스한 눈길로
바라보는 그 순간을 느끼는 게야

정말 모르겠다

소구이에 똥을 치우며
생각에 잠긴다
저놈의 소 새끼가 자기 밥통이란
사실을 모르고 똥을 쌌을까
아니면
모르고 있으면서도
알고 있는 척
나를 골탕 먹이는 걸까
그도 아니면
모른다는 것을 알고 있으면서
미친 척하는 걸까
이놈의 소 새끼 주는 대로 먹고
똥 싼 위에 오줌 싸서 지근지근
밟고는 드러누워
도인인양 지그시 눈 감고
되새김하며 온몸에 똥 딱지를
만들고 있다

진정한 행복의 미소

발정 난 암소 궁둥이에 실룩거리던
수송아지 하얀 이빨을 드러내고
행복한 미소를 짓고 있다
붉은 장미의 고혹적 입술을
립스틱에 묻어버린 추한 웃음보다
천만 배나 아름답다
슬프면 슬픈 대로 눈물 보이고
아프면 아픈 대로 찡그리면 되지
체면이란 가면을 쓴 웃음은
닭살 돋는다
아파본 사람은 건강의 소중함을
알듯이
삶의 질곡을 지나고 심장으로부터
떨리는 웃음의 파장이 얼굴로
번질 때 우리를 기쁘게 한다
산다는 의미도 모르면서
슬프다는 고통도 모르면서
행복한 껍질로 위장한 가슴이
꽃으로 피어난들 향기가 있겠는가
가슴 그대로
사악함이 없는 아가의 순수한 미소를
보고 있으면 눈물이 나는 게야

착각의 껍질

이놈의 소대가리야
왜 머리는 거기다 집어넣어
숨을 헐떡이고 눈알이 빨갛게
튀어나와 죽는 소리 하는 거야

파이프 가두리 사이에
머리를 집어넣고 버티다
목이 꺾여 죽음 직전의 송아지를
욕하고 있다

가끔 있는 일
그럴 때마다 파이프를 자르고
송아지를 꺼내고는
촘촘히 파이프 용접은 않고
송아지를 탓한다

우리는 겉보기에는
그럴듯한 이유를 들어 남 탓하며
자신을 합리화하는 눈속임으로
세상을 살고 있지는 않은 지

사랑은 쉽다

사람들
참 사랑을 어렵게 쓰고 있다
사랑은 가슴에 피는 꽃
안 보면 보고 싶고
같이 있으면 만지고 싶고
만지면 사랑하고 싶고
감정이 끓어오르면
물처럼 부드럽게
짐승처럼 강하게
이 순간이 생의 마지막인 것처럼
순간을 즐기며 눈을 마주 보고
사랑한다 속삭이며 서로의
절정에 까무러쳐 부드러운
입맞춤으로 애무하는 것
사랑은 억지로 되는 게 아니야
그렇게 하겠다고 되는 게 아니야
마음이 가면 저절로 몸이 따라 가는
거야
그립다고 징징 거리지 마
그리움도 사랑이고
그리우면 보면 되지
그리움을 핑계로 사랑을 아프게
하지 마

있으면 있는 대로
없으면 없는 대로
방귀도 트고
지지고 볶고 싸우다 양보하고
너를 나처럼 생각하고 사는 게
사랑이야
보리밭 민들레 잡초로 생각하니
그렇게 밉더니만
약초로 생각하니 귀하기만 하더라
사랑은 그렇게 서로를 소중한
존재로 생각하며 사는 건데
제 것 아름다운 것 모르고
껄떡거리니 문제가 되는 거야
사람들
사랑을 참 어렵게 쓰고 있다

희망의 속울음

겨울비 스쳐 간 보리밭
갈증을 해소한 땅
포설하니 부드럽다

독새풀을 뽑으니 주인의
인기척에 움츠린 어깨를 펴고
웃는다

냉이 씀바귀 달래 미치광이 나물
보리인 척 앉았어도 잡초일 뿐
서러워 말거라

혹한의 회오리
서릿발 솟구침에 찢어진 뿌리의 슬픔
덧난 상처의 절망
분리될 수 없는 공간 위에 서 있다

상처는 희망의 뿌리
눈물은 기쁨의 뿌리가 되어
곪은 상처 아래로 새살 돋아오는
몸짓으로 구불덩거린다

겨울보리의 떨림 속에
슬픔과 절망을 안으로 숨기고
푸르른 꿈의 노래가 흐른다

호미로 팍 독새풀을 찍는 순간
보리들 일제히 환호성을 지른다

아름다운 인생

사랑하자 물처럼
부드럽게 자신을 사랑하자
몸은 힘들어도 숨을 쉬고 있음에
감사하며 땀 흘림에 만족하자
죽어도 좋을 만큼 자신을 사랑하자
막다른 골목길에
목 놓아 서럽게 울지 말고
삶과 죽음이 공존하는 인생길에
집착과 소유에서 벗어나자
돈이 제일이라고 말하던
읍내 아저씨는
잘 먹고 잘살려고
수단과 방법을 가리지 않고
양심을 갈아엎고 타인의 가슴에
못질까지 해가며 돈 모아
거드름 피우는 순간
사형선고를 받았는데
죽음을 단 한 번도 상상하지 않았다
영원히 살 것처럼 아등바등
돈을 좇다가
죽음 앞에 나는 아니라고 몸부림
쳐본들 뜬구름이더라

죽음도 삶 일부이니 이별 연습
이라도 해야지
한 줄의 시를 쓰고
마침표를 찍어야
다음 행을 쓸 수 있음이니
이 순간이 생의 마지막일지라도
담담히 웃는 게야
그리고
자신에게 죽도록 사랑했다
말하는 거야

미워할 수 없는 년

제멋대로 생긴
뚱딴지 궁뎅이 속에는
통통해지기까지 기다림
꽃피운 계절의 사랑
모진 땅 견디어 낸 건강
자투리땅의 옹골진 만남이
소복하다
먹고 남은 몇 알 호미로 찍어
던져두었는데
미안할 만큼 쏟아진다
땅이란 년 어쩌면 좋을까
거짓말이라도 좀 하면 미울 텐데
정신까지 홀라당 뺏어 가는
어 그 사랑스런 년

무명 시인의 독백

사물과 대화하라
대화는 대상의 인정이며
더불어 살아가는 가장 확실한
방법이다
대화는 소통이며
소통은 나를 버리고 사랑을
더하는 것이다
때문에 소통은 대화이며
대상에 관한 관심이며
관심은 사랑으로 변해 시 詩가 된다
태풍으로 무너진 농로에
레미콘이 흐르고 있다
봄이 오면 머리 찢어지게 땅을
뚫고 올라올 개구리의 꿈을 생
매장하고 있는 공사 업자가
시 詩를 쓰는 것을 보았는가
가슴이 없는 시 詩
진실한 삶이 없는 시 詩는
향기가 없다
매미의 시 詩를 쓰며
십칠 년 소수 비밀의 탈각과
열흘간의 슬픈 올음을 함께해
보았는가

이렇게 살자

틀니를 빼고
눈물 콧물 거렁이며
오물오물 잡채를 잡수시는
얼굴을 바라보니
지나온 그림자가 보인다
"어무이 틀니는 왜"
"큰아야 맛을 몰라 글타"
살아가며 가슴을 닫지 말고
작은 꽃이라도 눈물겹게 바라볼
일이다
악한 놈 독한 놈 악독한 놈들
모두 잘사는 데 가슴이 없더라
돈으로 부모를 모시니...
우리 남은 시간
사랑할 때 시작만 있고
끝이 없는 그런 사랑으로 살자
얼마나 살겠니

광대나물꽃이 줄을 탄다

광대나물 밭두렁에 누워
하늘 향해 옷깃 펄럭이며
연보라 입술 벌리고 가픈 향기를
흘리고 있다

호미로 찍어 내려다
찬바람에 흔들리는 네 모습에
손목에 힘을 빼고 관객이 된다

줄을 타고 있다
약한 숨소리에 흔들리며
한 층 두 층 뛰어오르며 떨어질 듯
날아갈 듯 한 마리 새가 되어
손에 땀을 쥐고 한숨 몰아쉰다

네 삶이 아리구나
발아래 밟힐 땅에 누웠어도
벅찬 높이인 것을
죽음을 초월한 흔들리는 춤사위

삶을 위한 광대의 몸짓
네겐 목숨 건 삶일진대
보는 이는 눈요기라
내 어찌 호미로 찍을까

봄까치꽃의 사랑

논두렁 양지쪽 쑥을 뜯다
발아래 "큰개불알 불알 터진다"는
외침에 놀라 쳐다보니 봄까치꽃
웃고 있다

보릿고개 힘든 시절
가장 먼저 희망의 꽃으로 다가와
육신을 희생하여 굶주린 삶
꿈이 되어 준 너

예수님 십자가 지고 넘던 골다언덕에
스스로 밟혀 이마의 땀을 받아
핀 보랏빛 사랑 속에
예수님 모습이 보인다

언 땅 뚫고 가장 먼저 봄을 부르고
아낙네 발걸음에 밟히고 밟히어도
가장 낮은 겸손함으로 일어서는
가장 작지만 가장 넓은 가슴을
가진 봄까치꽃

큰개불알꽃이면 어떻고
봄까치꽃이면 어떠리
낮고 낮은 그 자리를 가장 높은
자리로 빛나게 만든 사랑
닮고 싶어라

詩는 침묵으로 말해야지

별처럼 쏟아진
시 詩들이 나뒹굴고 있다
내 가슴도 낯선 어두운 구석에
숨을 몰아쉬고 있겠지
일만 편의 시를 필사하고
사물을 바라보아도 시간이 흐를
수록 까맣다
덕지덕지 기운 감정의 흔적들이
슬프다
시를 읽고 있으면
마음이 편안하고 글 따라
웃고 웃으며
울림 있는 시를 쓰고 싶은데
시어를 비틀어 짜고
주워다 붙인 따라쟁이처럼
가슴을 빼어버리진 않았을까
읽힌 후 잊혀 버린 시의
슬픈 운명은 되진 말아야지
시 詩는 그 사람이니까
보고도 다시
보고 싶은 사람으로 남아야지

뒤땅

개 짖는 소리에 놀라 돌아보니
똥개 한 마리 이빨을 드러내고
죽을 듯이 왕왕거린다
지나올 땐 뒷다리 들고 영역표시
하며 물끄러미 바라보더니
자기 집 백 미터 넘게 지난 지금
무슨 생각으로 대가리 쳐들고
저리도 발광하는지 궁금하다
되돌아가니 줄행랑치며 집에
들어가 끙끙거린다
용기없는 놈
생각해가며 짖는 꼬락서니 하고는
감정이 있으면 가까이 있을 때
이빨을 드러내든지
영역 표시 한다고 모두가
자기 땅인가
지키지도 못하면서
깨물 배짱도 없으면서
소리만 요란한 겁쟁이
너 때문에 개들 욕 먹이는 거야
개 같은 놈이라고

혼자만의 생각일까

조물주가 빚어낸 금산
기암괴석 벼랑 위에 보리암
아름다운 섬들을 바라보며
미소 짓고 계시니 참 좋겠다
걱정 없어 좋으시겠다
자연에 금을 그어 팔아먹으니
돈 벌어서 좋겠다
물욕을 비우라 하시는데
불전함은 터지고 공양미 쌓여 좋겠다
찬 바닥 상자 깔고 누운 노숙자
앞에서 비움을 재촉하는 목탁 소리
줄 것이 없어 아프다
길 터지게 암자를 오르는 사람들
무엇을 기도했을까
바람이 많을수록 더해지는
돈의 무게가 보시로 승화
했을까
절집은 금칠로 눈부시고
고급 승용차는 왜 필요한지
성철스님이 떠오른다

통도사 홍매화

통도사 경내 홍매화 한 그루 두고
사람사람 사람들 제정신이 아니다
"들어가지 마세요"
팻말도 가림막도 무너진다
"사진을 찍을 때 플래시를 터트리지
 마세요"
한글을 모르는지 연신 플래시를
눌러 댄다
암술과 수술만으로 추위 속에
떨고 있는 꽃잎은 바람도 나비도
아닌 사람들의 음흉한 눈길에
몸을 움츠리고
홍매화 한 그루가
부처님의 존재도 잊게 하고
참배자를 혼절시킨다
득도한 노승의 눈동자도 흔들리니
필부의 가슴은 말해 무엇하리
시샘하는 눈발이
첫사랑 아픔으로 다가오니
마취제도 듣지 않는 열꽃을 피우며
매혹적 향기로 봄을 유혹한다

파도

태초의 순간부터
시작된 사랑
녹아내리지 않는
무쇠보다 단단한 피돌기
사그라질 찰나마저 주지 않고
변하지 않는 짠 가슴
화기를 누른 부드러운 촉수로
멍든 그리움의 신음으로
애무를 반복한다.
사랑한다
사랑한다
어스러지도록 사랑한다
미쳐버리고 싶은 순간
거품을 복작이며
싱그러운 입술로 토해내는
그칠 줄 모르는
오르가즘이여!

농심(農心)

하루가 핀다
논둑길 걸으니 일렁이는 벼 이삭의
미소에 꿈이 조롱이고
보릿짚 모자 쓴 구릿빛 얼굴에
미소가
타닥이는 메뚜기의 투명한
눈에 반사되어 순수한 영혼의
지순한 사랑으로 승화되니
눈물겨운 춤사위
잦아들며 가을은 시나브로 수채화로 채색되어
붉은 노을 속으로 하루가 진다
벼를 가로지른 장화 발의 흔적을
스스로 지우고는 아무 일 없다는 듯
시치미를 떼니
겸손을 빚어낸 농부의 손이
떨리고 있다
천심 天心이다

몽돌의 독백

삶이 힘들다 말하지 말라
끝 닿는 곳에 주린 배 움켜쥐고
밤하늘 보며 눈물을 흘린 순간이
없다면

모난 가슴
둥글어지기까지
소용돌이 속에 살을 깎아낸
아픔이 없다면

누구를 위한 삶이더냐
어머니로부터 분리된 순간
잘나도 못나도 내 삶이려니
산다는 것은
힘듦을 견디며 울고 웃는 일이다

탓하지 말자
구르는 시간 속에 도리질 당한
육신이지만
단 한 번도 흐르는 물을 원망한 적
없었다

힘들다 말하지 마라
그 한 마디로 내 삶은 무겁고
질척일 수 있으니
행복해라고 속삭이면 안되겠니

아름다운 뒷모습

봄 여름 가을 겨울
농부의 가슴에 돌고 있는 피
늦은 봄 무서리 피해 씨앗을 뿌리고
시월의 끝자락 무서리 오기 전
열매를 거둔다

무서리 내리면
논두렁 밑에 쪼그린 이름 모를 들꽃도
사랑에 미련을 둔 철없는 호박꽃도
모두 쓰러진다

땅속 생명들은
깊은 침묵 속에 빠끔히 세상을
내다보며 봄을 기다린다

서리가 이슬로 바뀌는 순간
일제히 환호하며 일어난다
봄 여름 가을 겨울
보이지 않는 순환 속에 우리네
삶이 흐르고 있다

나는 사계四季 어디쯤 종종
걸음을 걷고 있을까
무서리 내려
꾸질꾸질 대롱거리는 모습은
보이기 싫다
무서리 내리기 전
스스로 붉게 타올라 산화하는
낙엽처럼 살고 싶다

물꽃

욕심도 없다
자신의 무게 감당할 만큼만
꽃피운다
한 줌 바람에 떨어져도 원망하거나
절망하지 않는다
피고 짐이 한순간 꿈일지라도
의연함으로 반짝인다
풀 위에
잔가지 위에
말라버린 강아지꽃 위에 대롱거리며
땅에 떨어져 흙발에 밟히지 않음에 감사한다
향기 없어도
깨끗함에 마음 더하라는
섹시함으로 향기를 유혹한다
햇볕에 알몸을 말리는
네 순수한 꿈 깨우지 못해
장화 발 멈추고 서 있다
바람아, 흔들지 마

아낌없는 희생

시래기를 엮는다
축 늘어진 두름이 양기를 잃은
거시기처럼 허물적 거린다
무의 토실함을 만들고 남겨진
육신 처마 끝에 말려 져
한 올 뜯겨 마지막 시래깃국으로
긴 여정을 마감하는 네 모습에
나를 버려 타인을 기쁘게 하는
소망의 빛을 배운다
부끄럽다
내 안의 욕망을 위해
남의 희생을 당연시하며
배를 불리는 사람사람 사람들
시래기보다 못한 사람들
엮을 가치도 없는 쓰레기들

꿈의 향기

사람만의 특유의 향기가 있다
몸의 향기는
어떤 삶을 사느냐에 따라 향기가
다르지만
내면의 향기는
삶과 관계없이 사람을 매료시킨다
몸에선 소똥 냄새가 나지만
수수꽃다리보다 은은한 마음의 향기를 날리며 살고 싶다
가을이 툭 떨어진 텅 빈 겨울로
가는 길목에서 지난 시간 땀 냄새로
덮었던 순간을 그리며
또다시 초록 향기 꿈을 꾼다
한 움큼 찬바람 분다
간절히 바라면서 잡히지 않는
그리움보다 코끝을 지나는
흙내음으로 뭇사람 가슴을
울리는 시詩향을 만들고 싶다
겨울이 가고 봄이 오면

쌀(米)

눈물이 난다
그냥
술의 향기는 백 리를
꽃의 향기는 천 리를
사람의 향기는 만 리를
농부의 가슴에서 나는 향기는
온 세상을 취하게 한다
이른 봄 꽃샘추위를 견뎌낸
어린 모
부직포 속에서 꿈을 그려
여름의 가뭄과 태풍을 이기고
땡볕에 헉헉거리며
가을의 겸손함을 담아낸 벼
껍질을 깬 뽀얀 속살
온몸에 경련이 일어난다
어찌 사랑스럽지 아니한가
어찌 눈물이 흐르지 아니할까
정직한 농부의 사랑을 먹고
탄생한 매끈한 네 육신에 반해버린
농부는
투두둑
북
마지막 옷을 벗는다

제목 : 쌀
시낭송 : 박영애
스마트폰으로 QR 코드를 스캔하면
시낭송을 감상할 수 있습니다.

가슴에 투명유리를 달고 싶다

가을의 끝자락
논바닥 마르기를 기다리다
콤바인 빠지는 곳에 낫으로 베어
가을을 거두고 있다
농심은 묵묵히 제자리에 있는데
이렇게 땅을 지키고 있는데
국가 지도자는 없고
정책은 마비되고
대안 없는 목청을 높이고 있다
누구는 붉은 심장이 없어 바보처럼
주어진 몫을 다하는 줄 아는가
슬프다
내 조국아
꽃이 아름다운 것은 질 때를 알고
스스로 지기 때문이거늘
멋진 뒷모습을 보일 일이다
정치지도자는 손에 쥔 돌멩이로
자신들의 머리를 찍어라
창조주님께 간절히 기도하노니
우리 모두의 가슴팍에 투명
유리를 달게 하여 심장을 볼 수
있게 하소서

마음을 비우면

베일러 볏짚을 압축하여 네모
반듯하게 술술 쏟아낸다
집초 양이 많으면 안전핀이 부러지고
작으면 공회전으로 무리가 간다
트랙터 힘이 강하면 압축기 무리가
가서 베일러가 망가지니
적당량으로 짚의 마른 정도에 따라
속도와 힘을 조절하여 물 흐르듯
해야 작업이 순조로우니
욕심을 버릴 일이다
바람이 강하면 집착이 되고
사랑을 볼 수 없다
가슴에 그리움도 믿음이 없으면
아픔이 되니 가랑비 옷 젖듯 가슴으로 스밀 일이다
사랑의 아픔은 큰 욕심에서 오고
사랑의 기쁨은 쩨쩨한 것에 있다
사랑은 베일러 짚을 삼키듯 서로의
가슴을 삼기는 일이다
짠해도 사랑이고 아파도 사랑이니
사랑하는 사람이 하늘 아래 어디엔가 있고
그리워할 수 있음에 감사하자
빈 가슴 가득 차면 행복이니
무엇을 더 바라는가
짧은 시간인데
감정소비보다 큰 아픔이 또 있을까

웃음도 눈물도 내 삶이다

비는 오려 하고
볏짚 걷기 바쁜데
트랙터 타이어 못이 박혀 논바닥에
주저앉았다
예측할 수 없는 순간의 사건들
인생도 다를 게 없으니 허허 웃는다
한 몸으로 움직여준 나의 애마
이참에 새 신발 신겨줘야지
애마는 좋아라 웃어도 두 짝에 팔십만 원 속이 부러진다
논바닥에서 작업하니 힘들고 어려운데 비까지 내린다
우리네 삶도 예상치 못한 순간들이
누구에게나 올 수 있으니
인생사에
어찌 좋은 일만 있겠는가
여정 위에 있는 웃음도 눈물도
내 삶이거늘
피할 수 없으면 즐기는 수밖에
삶의 성감대는 시련인가 보다
논둑에 들국화도 무서리이고
웃고 있으니

농부

모든 것은 때가 있다
호밀 파종이 늦어 씨앗들은
땅속에 묻히고 싶어 아우성이니
벼 베기 늦어 볏짚 걷기 바쁘니
어쩔 수 없이 밤을 밝힌다
고요한 들판의 어둠을 깨는 농심의
불빛은 졸린 눈을 깨우고
트랙터 엔진 소리에 심장의
박동을 맞춘다
힘들다
난들 편하게 살고 싶지 않겠는가
지상에서 가장 아름다운 것은
모든 게 제자리에 있는 것이기에
농부의 자리를 지키는 것이다
농부는 씨앗을 뿌려 거두는 게
본분이기에 때를 지키는 것이다
생명을 키우는 가장 숭고한 직업
그 결과물로 사람을 살리기에
힘들어도 웃는 것이다
밤하늘 별이 쏟아진다

농부의 가을은

가을 하늘이 나를 보고 웃는다
들판에 허둥대는 모습이 재미나나
보다
아름다운 계절에 죽도록 일만 하는
무식한 농부라고
하늘아
무딘 농부의 가슴인들 어찌
울렁이지 않겠느냐
서걱이는 낙엽도 밟고 싶고
팔랑 내리는 단풍 비속을 고운 손
꼭지고 나란히 걸으며
"사랑한다" 말하고 싶지 않겠느냐
계절이 바뀌어도 느낄 틈이 없는
내 가슴에 가을은 어디쯤 오고 있을까
열병처럼 뜨거운 심장은 있는데
일 속에 파묻혀 끙끙거리니

남겨진 한 마디

콩 타작하다가
브이벨트에 잘려진 엄지 한 마디
순간의 실수로 아픔과 행동에 제약
셔츠 단추를 잠그는 데부터 여러 가지가 불편하다
콤바인 운전하며 전 후진키를 잡는데
남겨진 한 마디가 얼마나
고마운지
덕분에 벼 베기도 끝나가니
육신에 어느 것 하나 소중하지
않음이 없으니
없어 봐야 소중함을 안다
작은 것에 만족하며 웃자
삶은 단 한 번이고
너무나 아름다운 것이기에

낫질 속에 담긴 사랑

서산에 붉은 놀 속에 풍덩
해가 빠지듯
불타는 가슴도 언젠가 잠들겠지
먼 산 놀을 보며 생각에 잠겨
콤바인을 움직인다
어둠의 그림자 내릴 무렵
논두렁에 남아있는 벼를 베는 그림자
가까이 가보니 어무이다
"마러 왔는교"
"나락 비러 왔다"
"힘든데 손다칠라꼬"
"안다친다, 늦어 그렇지 다 빌끼다"
젊은 시절 밤낮 모르고 죽도록
일해서 자식들 뒷바라지하시고
이젠 일손 놓으시라 해도 안된다
힘이 없어 낫질도 안 되는데
자식 힘들까 봐 한 포기라도 베야
겠다는 마음이시겠지
내가 하면 오 분이면 될 것을
삼십 분 넘게 베고 계신다
부모의 가슴은 안개 속 신기루 사랑인가 보다
저 서산에 놀처럼
못다 한 열정 흔적 없이

순간에 불타 사라지는 인생인 것을
사는가 싶게 가슴 짜릿한 순간이
얼마나 될까

흙은 농부의 가슴

농부는 흙을 떠나 살 수 없으며
흙과 더불어 웃고 울며 사랑을
배워갑니다
흙은 정지된 가슴이지만
농부의 움직이는 가슴으로
사랑을 쏟아 놓으면 흙은
봄 여름 가을 겨울을 노래합니다
농부는 흙의 노래로 행복한 미소를
짓습니다
모자람은 용서해도
넘침은 절대 용서하지 않는 흙
게으른 자에겐 가슴을 열지 않는 흙을 통해
사랑은 움직임이라는 것을 배웠기에
농부는 겸손하게 삽으로 흙 위에
봄 여름 가을 겨울 살아 움직이는
자연을 그려 놓습니다
지상에서 가장 아름다운

나도 가끔은 울고 싶다

모처럼 맑은 날
방기말 논 탈곡을 시작했는데
벼가 얼마나 잘됐는지
좌르르 알곡이 쏟아진다
아
콤바인이 스물스물 늪으로
빠진다
꼼짝달싹 못하고 땅으로 파고
든다
트랙터로 당기니 트랙터마저
넘어간다
울고 싶다
나도 가끔은 이렇게 울고 싶다
무밭에 계시던 어무이
"미친놈 빠지는데 마러 드가노"
욕을 한 말이나 퍼붓고는
돌아선다
포크레인 기다리며 하늘을
본다
그냥 웃자
울고 싶어도 웃는 거야
사는 게 뻥반하면 재미없잖아
인생이 그런 거야

제목 : 나도 가끔은 울고 싶다
시낭슈 : 박순애
스마트폰으로 QR 코드를 스캔하면
시낭송을 감상할 수 있습니다.

정(情)

새벽녘 잠결에 들리는 목소리
"있는교 야"
눈 비비며 대충 걸치고 나가니
윗마을 성호 댁 아지매다
"이것 잡소"
"뭔교"
"곰국임더 밤새 고아심더"
"와카는교"
"고맙심더 우리 나락 베조서"
몸으로 부딪히는 농사일
피곤하고 힘들어도
가끔 이렇게 미소 짓게 하는
마음들이 있어 웃음이 난다
돈으로 환산할 수 없는 가슴
아무나 되는 게 아닌데

가을걷이

가을 들판을 송두리째
집어삼킬 수 있다면 좋겠다
하늘은 찌푸리고
우케도 털어야 하고
벼 베기는 중단할 수 없고
감도 따야지
들깨도 털어야지
콩도 끊어야 하고
소똥도 쳐야지
이 가을 얼마나 속을 끓여야 할까

벼 베 달라고
잠도 들깬 새벽에 대문에
할머니들 앉아 기다린다
입씨름하기 싫어 똥구멍으로
숨을 쉬고 누워 있다가
뒷문으로 빠져나와 소밥 주고
담을 넘어 논으로와 낫으로
콤바인 회전할 자리 만들며
혼자 웃는다

미안한 마음 울컥 삼킨다

미친 놈 좀 보소

햇살 따스한 대낮
수천 번 왕래한 폭 좁은 농로
무슨 생각했는지
트랙터 운전 중 뒷바퀴 빠졌다
넘어지기 직전 트랙터 탈출하여
누가 볼까 두려운지
허둥대는 꼬락서니 좀 보소
이해할 수 없다는 표정
레커차 불러 생돈 칠만 원 날린 게
얼마나 아까운지
씩씩거리고 있다
때론 이렇게 예측할 수 없는
삶의 순간에 부딪힐 때
잘못은 반성 않고 "운수가 사납다
액땜했노라"
탓으로 돌린다
바보 같은 놈

커피보다 싸다

콤바인이 빙빙 돈다
어지럽다
현기증이 난다
벼들이 쏟아져도 슬프다
쌀 한 되 커피 한 잔보다 못하니
농비도 안 나온다
대책 없는 쌀 개방으로 똥값이 되어
버린 벼들
콤바인이 토해내니 설웁게 운다
국회의사당 모인 사람들은
빵만 먹고 살겠지
빙빙 돈다
어지럽다
현기증이 난다
그냥 불 질러 버릴까

아름다운 세상은

사람 사는 세상
세모 네모 동그라미
함께하는 것이다
세모는 네모가 될 수 없고
동그라미가 세모가 될 수 없다
그냥
서로의 모양을 존중하며
함께하는 것이다
서로를 짓이겨 버리고
자기만의 모양만 고집한다면
독단과 오만의 자아도취다
모두는 내 탓이다
진달래 한 움큼 훑어 씹어 보라
진액으로 뭉그러진 곳에
꽃의 아름다움이 있는가
적당한 거리를 두고 향기와 아름다움에 젖어 사는 것이다
인생길 끝닿는 순간
서로 다른 흔적이 남아야
하지 않을까

땅이 가슴으로 詩를 쓴다

따사로운 봄 햇살이
야금야금 찬 기운 갉아먹고
잠자던 땅을 깨운다

바람에 날린 돌 틈 속에서도
떨어져 앉은 자리에서도
물에 휩쓸린 모래 틈에서도
땅의 뒤척임에 놀라 눈을 뜬다

땅은 어머니 가슴
까만 씨앗 하나 품어
따스함으로 푸르게 밀어올려
창조주가 만든 유전자를 완성한다

풋풋한 땅의 향기 속에
어머니 뽀얀 젖무덤 눈부실 때
심장의 박동 소리와 함께
온 들판이 일어난다

땅이 가슴으로 詩를 쓰고 있다

제목 : 땅이 가슴으로 詩를 쓴다
시낭송 : 김기월
스마트폰으로 QR코드를 스캔하면
시낭송을 감상할 수 있습니다.

언제나 희망

허파를 씻어 주는
맑은 공기
이글거리는 태양
쏟아지는 비
높은 하늘
흘러가는 흰 구름
속살 비치는 물
그리고 사랑 하나
이것들이 가진 것 모두이지만
잉태할 수 없는 몸속에
깊게 더 깊게 사정을 하듯
농부는
삽에다 힘을 주어 흙을 파고
어린 대추나무를 심는다
낙서도 사람이 하면 휴지조각
시인이 하면 시가 되듯이

나도 살아야겠다

배춧잎이 숭숭 구멍이 뚫리더니
꼬갱이만 남아 있어
자세히 살펴보니 달팽이가 갉아
먹고 있다
생장점 속잎을 꼭지 벌레 알을
낳아 배추의 속을 파먹더니
달팽이까지 나도 좀 먹고 살자고
덤비니 겨울 김장이 걱정이다
쪼그리고 앉아 잡아도 끝이 없다
푸른 골을 타고 맛을 즐기며
부드러운 촉수로 구멍 낼 자리를
찾는 즐거운 몸짓에 할 말이 없다
인간이 파괴한 환경의 반격이
시작된 것이다
공존이 공멸의 공간으로 바뀌어 가고
편리를 위해 제초제를
뿌리고 농약을 남용하니
살아남기 위한 벌레의 몸부림은
아닐까

농부의 심장도 붉다

지난여름 가뭄 극복 위해
발버둥 칠 때 갈증 지난 죽음의
순간들로 하늘을 원망했는데
따가운 가을 햇살로 마지막 영글
앞두고 가을비 내린다
필요 없는 비 내린다
오라고 하던 순간엔 외면하더니
쭉정이 부추기는 가을비 내린다
마음을 비우자
허둥지둥 살다 보면
느낌 없는 삶으로 시간만 낭비한다
가을비 선율을 따라 아름다운
춤을 추자
자연에 대한 한 톨 그릇된 생각을
버리고 순응하자
세상은 큰 초상집 같아도 어디에선
웃는 사람이 있으니까
삶의 귀퉁이에 좋은 생각만 심어도
시간이 모자란다
논둑에 서서 하늘을 보며 웃는다
심장이 뛴다
가을비 철없이 내린다

송이

지상에서 가장 힘있게
솟구치는 향기로운
순백의 영혼이
너를 보는 순간 심장이
쿵 소리를 내며
그녀에게로 떨어졌다

아찔한 사랑이다

온몸으로 퍼지는 전율

소와 나

소똥을 치운다
되새김질하며 눈 지그시 감고
침 질질 흘리며 주는 대로 먹고
오줌은 폭포를 이루고
똥은 층층 집을 짓는다

하루라도 빼먹으면
똥을 깔고 자서 똥소가 되니
매일 매일 똥을 꺼낸다

적당히 말려 푹 띄운 거름
논밭에 들어가 작물이 먹고
작물은 사람 입으로
보이지 않는 순환 여행

먹고 싸고 하는 일이 최고의
삶인 소를 향한 사랑으로
나의 삶을 윤택하게 하는
대가를 얻는다

경제적 가치 창출을 위해
사육되어 지는 삶일지라도
만남의 인연에 따라 삶의 질은
차이가 있으니 ...

소에게 나는 어떤 인연일까

아름다운 생명

안골 논 도구를 치니
가재가 놀라 뒷걸음질 치며
집게발을 세우고 버티고 있다
버려진 플라스틱 병을 주워
집게발을 잡으니 툭 떨어져
꼬리로 헤엄쳐 도망간다
"요놈 봐라"
잽싸게 잡아 통속에 넣었다
위급한 상황에서 스스로
발을 잘라 버리고 도망가는
삶의 본능 앞에 숙연해진다
자신이 몹시도 부끄럽다
"세계 자살률 일위인 대한민국"
가재보다 못한 사람들이 많은
이상한 나라
낫으로 병을 자르고 가재를
찬물 구멍에 놓아 주니 모습을
감춘다
남겨진 집게발
살고 싶은 간절함의 흔적
죽음을 탈출한 선택의 용기

외면

나의 일터에 가면
상추잎에 달팽이 놀고
무잎에 자벌레 기어가고
부추 꽃에 나비 날개를 접고
배추에 꼭지 벌레 잠자고
호박에 벌들이 꿀을 따고
벼 이삭에 귀뚜라미 메뚜기 노래하고
옥수수 새들이 파먹고
조금씩 나누며 살아가는 이쁘고
소중한 내 친구들이 있다
얼갈이 무에 너희들 뜯어 먹고
놀고 간 흔적 남았다고
시장 나온 쥐뿔도 모르는 아주머니
눈길조차 주지 않네

농부의 가슴은 아픈데

아직 못다 한 역할을 남겨두고
감잎들이 두둑 떨어진다
추운 겨울 가지치고 거름 주어
솎아내어 긴 가뭄 물을 푸어
막바지 영글 앞에 주저앉고 있다
푸른 잎이 낙엽 병으로 가을을
흉내 내어 흘러내리고
나목이 된 가지에 설익은 감이
발가벗고 대롱거린다
아프면서 완성되지 않는 열매가
어디 있으랴만
땀방울 등골을 타고 내렸어도
허무의 꽃만 피었으니
환경의 변화에 강해지는 병해충
농약을 퍼부어도 눈을 대록거리며
저항하고
농부는 더 독한 농약을 치려다
소비자의 창자를 어여삐 여겨
망설인 순간 떨어지는 낙엽의
슬픔을 지켜보아야 한다
친환경 무농약 재배는 불가능한
것일까

무지한 농부 머리 굴려봐야
자갈 소리만 날 뿐
국가의 농업연구 예산은 떨어지는
감잎처럼 팔랑거리니
그냥 배만 고프다
얼마나 울어야 젖을 줄까
쌀값 하락 시위 농민
자장면 먹고 배 채우듯
여의도에 감나무 뿌리째 파놓고
자몽이라도 먹어야 하나
씨부럴

꽃으로 살고 싶다

결과를 안다면
함부로 내뱉고
멋대로 행동했으랴

때론 삶이 아프고
때론 삶이 즐겁고
때론 삶이 힘들어도
내일을 믿으며 사는 거지

아침 밥상머리
어무이 "기침 나와 죽겠다"
"왜요 비 맞고 더 다니시지요"
"니 내가 죽으면 좋겠제"
"신호등도 무시하고 건너고 좀
그리 다니지 마소"
"와 내 차에 갈리 죽을라 칸다 우짤래
잔소리하고 지랄이고"
"어른이 되가 말 좀 잘하소"
"많이 배워 쳐 묵은 니나 잘해라"
"마 그만하고 병원 갑시더"
"차라마, 니 차는 죽어도 안탈란다"

어무이는 KBS
나는 MBC
불가침 성역을 쌓아 놓고
방송 잘하고 있는데
왜 또 소리를 높였나 자책을 한다

억장이 무너지는 빛바랜 하얀 마음
어찌할까
"어무이 마 잘못했심더"
근근이 달래어 병원 왔다
영양제 감기 주사 맞히며 기다린다

삶은 한순간 럭비공처럼
예측 불허한 방향으로 스믈스믈
기어 골대 속으로 가는가 했는데
빗나가기도 하는 것

피어날 때를 알고
질 때를 안다면
사람으로 살았을까
꽃으로 살지

하늘과 땅의 만남

슬로베니아 포스토니아 동굴에
신이 내린 비경이 잠자고 있다
석회암 틈새로 흘러내린 지하수
종유석을 키우고

떨어진 석회암 녹인 석순
일 년에 영점 일 밀리미터
하늘과 땅을 이어주는 석주의 만남은
지구의 생성으로부터 시작했네

암흑 속 서로의 향기만으로
더듬어 가슴을 섞기까지
한 방울 한 방울 흘린 눈물의 세월
일억 만 년 지나서 하나가 된 사랑

눈물로 애틋한 그리움 섞어 핀
지고지순한 끈질긴 인연
벅찬 떨림으로 통증을 삼키며
어둠 속에 피어난 고운 사랑아

그냥
보고 있어도 눈물이 흐른다

미완의 그림

봄부터 푸르름 밀어 올린
팔월의 들녘에 마지막 잡초를
뽑아낸다
바람이 분다
벼들이 마지막 속을 채우는 순간
정신없이 흔들어 댄다
속삭이는 바람이 아니다
한 몸 지탱하기도 힘든 벼 이삭을
사정없이 절벽으로 밀어 넣는다
미친바람이라 잡을 수도 없다
비바람 땡볕 가뭄과 함께하며
한순간도 긴장을 놓지 못한
시간으로 순응한 삶이었는데
이제 뱃속의 순서가 바뀔 만큼
흔들리고 있다
꺾이지 않으려 바람의 힘만큼
물러서는 벼들의 아름다운 저항 앞에
농부는 마지막 미완의
그림에 붓을 치지 못하고
가슴을 두들기고 있다
황금색 물감이 붓끝에서 뚝뚝
떨어진다

메깃국

먹장구름 뒤덮은 배내골의 밤
힘찬 물소리 마음의 달래임
깊은 웅덩이에 물고기 꼬드기는
검은 그림자

낚싯대 드리우고
숨죽이는 기다림
반딧반딧 개똥벌레 어둠을 깨고
휙
낚아채니 묵직한 울림
물보라 일으키며 끌려 나온 메기

어둠 속 빛나는 허연 배
크다
출렁이는 낚싯대
소쿠리에 가두어진 힘찬 꼬리 침

깊은 골짜기
나뭇가지 사이로 내민 하늘에
어머니 웃음이 걸리고
달빛 옅어진 새벽이 온다

왜
어머니는 호박잎 넣어 끓인
메깃국을 좋아하시는지
미끼에 끌려오며 아가미
찢어지는 아픈 소리는 어쩌라고

쓰러지면 쭉정인데

날씨가 정신줄 놓아
가을비 미쳐 날뛴다
제 몸무게 감당키 어려운 벼 이삭
고개 숙여 버티고선 뒤통수
때리고 또 때려
통탕통탕 억지춤 추게 하니
요람 속 걸음마 배우던 애기
깜짝 놀라 앙앙거린다
바라보던 농심은 농익어 곪아 터지는데
비 오면 바람이나 조용하던지
함께 죽 맞아 날뛴다
철모르는 가을비야
때를 알아야지
설 자리 앉을 자리 구분도 못하구나
쓰러지면 쭉정인데

그리움

콩밭에 잡초란 놈 들어앉아
안방인 양 주인을 내쫓고 있다
움켜쥐고 당기니 목만 떨어지고
뿌리는 그대로다
호미로 파도 허연 발 흙에 박고 꿈쩍도 않는다

땀으로 젖은 육신
모기떼 죽기 살기로 덤벼들고
칠월의 뙤약볕은 여물어 가는데
잡초는 땅을 잡고 사랑을 구걸한다

콩 한 톨 영글음 이리도 힘든 것을
호미 집어 던지고
개울에 드러누워 하늘을 쳐다보니
여기가 천국인 것을

밉다고 밉다고
파고 또 파내어도 이리도
밀고 올라오니 어쩌란 말이냐
콩밭 매는 남정네 가슴에 솟구치는
곱디고운 얼굴 하나

제목 : 그리움
시낭송 : 김지원
스마트폰으로 QR 코드를 스캔하면
시낭송을 감상할 수 있습니다.

그러하더라도 사랑해야지

날씨가 정신 줄을 놓아
빈 몸으로 걷기 힘든 여름날
오후
예취기 짊어지고 감밭 잡초를
깎으니 입에서 욕이 절로
나온다
"씨발 날씨놈 나랑 원수졌나
농사는 우야라꼬 비가 없노"
땀을 비 오듯 흘린 후유증으로
물바가지 채 벌컥 이고
열대야로 잠 못들며 농작물이
가뭄에 꼬시라져가는 아픔을
씹는다
눈만 말뚱거리다가 배고파 우는
소들 사료를 주며
땀으로 몸을 씻었더니
배는 고픈데 입맛은 없고
보리쌀 섞은 밥 찬물에 말아
습관적으로 꾸역꾸역 밀어 넣고
마늘 장아찌 한 개 와작 깨문다
수천 번 생을 반복할지라도
다시는 찾아 먹을 수 없는 한 끼
식사도 귀찮다

앞으로 남은 시간도 얼마 없는데
때론 이렇게 흔들린다
그러하더라도 사랑해야지
진심을 담아 울면
하늘도 땅도 울어
가뭄에 헐떡이는 벼들을 울릴 거야
그것이 공명이니까

아름다운 인연을 만나는 것은

아름다운 인연을 만나는 것은
서로의 향기에 취해
말없이 물들어가는 것이다

서로의 환경을 이해하고
서로 색깔을 인정하면서
서로의 향기에 묻혀 가는 것이다

가슴에
나 하나 버리고
너 하나 채워서
서로의 가슴에 둥지를 짓는 일이다

여기서 저기로 가는 길
새로운 세상 둘이 하나 되어
서로의 가슴에 호흡하며
강물처럼 흐르는 것이다

지상에서 가장 어려운 것은
아름다운 인연을 만나는 것이고
그보다 어려운 것은
인연을 곱게 지켜가는 것이다

아름다운 인연이 만들어 지기를
까만 밤 하얗게 기도한다
아름다운 인연으로 오소서...

제목 : 아름다운 인연을 만나는 것은
시낭송 : 박엉애
스마트폰으로 QR 코드를 스캔하면
시낭송을 감상할 수 있습니다.

어떤 반성

날만 새면 나를 태워
들을 누비는 사랑스런 애마
천전 동네 중앙을 달리다
갑자기 멈춰버렸다

논을 갈고
써레질하고
벼를 실어 나르고
한 몸처럼 단 한 번도
나의 마음을 거역한 적 없다

그렇게 고분고분 했는데
단 한 번의 고장으로 짜증을
내고 앞뒤로 빵빵거리는 차들에게
연신 고개를 숙인다

닦고 조이고 기름칠 안하고
그동안 부려만 먹었으니
길 한가운데 멈춤도 당연하지
감사함 모르는 멍충이

자신의 무지함 모르고
천 번을 잘해도 단 한 번 서운함으로
발길질을 하고 있다
푹푹 찌는 여름날 기름범벅으로
트랙터를 욕하는 바보

참으로 고소하다 이놈아

거시기만 비잡다

"어무이 작답에 고추 따러
갑니데이"
"나도 갈란다"
"마 집에 계시소"
"간다 안카나"
어무이 번쩍 들어 경운기 태우고
고추 따러 간다
고추고랑 앉으니
숨 막혀 죽기 직전처럼 답답하다
모기는 물어뜯고
땀은 비 오듯 등줄기를 타고 내리고
힘든 순간
어무이 침묵을 깬다
"꼬치가 와이래 굵고 마이 달릿노"
"어무이 내 꼬치만큼 크다"
"크면 마노 거시기만 비잡지
 가방 크다고 공부 잘하나"
"하하 어무이도 마 고추나 따소"
얼마나 많이 달렸는지 가지가 휘어진다
온몸 땀으로 적시어도 웃음이 난다
고랑에 고추가 거득하니 더위도
잊어버리고
나는 따고 어무이는 주워 담고

수잉기(穗孕期)

벼의 새끼는 이삭이다

뿌리에서 네 번째 마디에서
이삭(穗)이 배어(孕) 배가 불러
볼록볼록 온 들판이 임신 구 개월
벼 포기마다 투명한 잎새로 벼알이
금방이라도 터질 듯한 순간이
수잉기다

저 신비스런 순간을 보라
햇살이 퍼지자 일제히 벼 이삭을
밀어 올려 타닥이는 힘찬 광경

고개를 내밀고
꽃받침을 벌려 암술과 수술이
뒤엉켜 살랑이는 바람결에
사랑을 나누고 알곡을 채워간다

영글어 갈수록 고개를 숙이는
저 겸손하고 숭고한 모습

출수(出穗)와 영글음을 지켜보는
애비의 심장이 터질 듯 부풀어
환한 미소를 짓고 있다

첫 개화(開花)

바람 한 점 없는 안골에
논둑이 높아 아래 위 두 단계
예취기를 휘둘러 온몸이 땀으로
젖었지만 힘듦보다 기쁨과
희망으로 콧노래 흐른다

모내기 일찍 한 탓에
벼 이삭이 올라와 꽃이 피었다
바람에 흔들리는 저 요염한
자태를 보라
입 벌린 벼의 속살
혀를 내밀고 서로의 입술을 부비는
숨 막히는 사랑에 미소를 보라

칠월의 태양도 차갑다
장화 발에 놀란 미꾸라지 튀어 올라
꽃피움에 기뻐하고
찬물구멍 가재는 긴 수염 흔들며
벼포기를 집게발 잡아 축하의
악수를 나눈다

미꾸라지 메뚜기 여치 개구리
가제 보리중태기들이 벼들 속에
더불어 사는 내 땀이 흐르는
생명의 들판이
희망찬 그림을 그리고 있다

태양의 열기가 희망이기 위하여
등줄기 흐르는 땀이 기쁨이기
위하여
온몸으로 삽질을 해 흙을 파며
긴긴 여름날의 숨 막힌
가슴 벅찬 첫 개화(開花)
깊은 심장의 박동 소리에
메뚜기 날아오른다

 제목 : 첫 개화
시낭송 : 최병사
스마트폰으로 QR 코드를 스캔하면
시낭송을 감상할 수 있습니다.

마지막 뒤꿈치

시들어 가는 꽃대공 하나
꽃피운 흔적 잡고
꺼이꺼이 속울음 삼키는 또 한 송이
지상에서 가장 아름다운 꽃 두 송이
멍하니 바라만 본다

비바람 버티며 홀로 씨앗 만든 시간 뒤란에
만남보다 빠른 이별이 다가옴을 직감하고
연장하지 말라는 삶의 정리 한 마디
깊고 깊은 심연에 허우적거린다

맨주먹 쥐고 왔다
맨주먹 펴고 가는 인생사
씨 뿌려 밭고랑 잡초 뽑아
갈라진 논바닥 같은 손길에
자식들 웃고 있기에
느낌조차 정지된 생의 종착지에 선
죽음에 초연한 당신의 손발이
보석보다 빛나는 이유를 이제야 알 것 같습니다

고통으로 낳고 기른 자식의
품이 아닌
죽음을 기다리는 회색 병동
바람 빠진 축구공 차버린 듯
죽음을 앞둔 삶의 껍질들로 꽉 차 있다

이미 부모란 존재가 짐이 된 그대들
어디에 있느뇨 똥걸레보다 못한 맘으로
세상을 살아 봐야 죽음 앞에 버림받을 삶
우리 또한 그 길을 갈 것을
그대들 버린 껍질 앞에
고개를 숙인다

시들어 가는 꽃대공 하나
가녀린 손으로 지나온 삶을
축복하는 또 한 송이
어찌 그리도 아름답고 슬픈지
하얀 발뒤꿈치가 웃는다

어머니(최재순) 병실을 지키고 있는 이순이 후배를 방문하고 나서

겉만 보고서

해 질 녘 텃밭 귀퉁이
어둠이 내리자 하얀 박꽃
두 송이 피었다

눈을 맞추어 보니
한 송이 벌이 날아들어
꽃술 애무하여 사랑을 중매하고

한 송이 벌레 기어들어
암술머리 통째 갉아먹고
꽃잎에 구멍을 내고 있다

한 송이 사랑에 치를 떨고
한 송이 아픔에 치를 떨고
어둠이 짙어 갈수록 하얀 향기
흔들며 삶과 죽음을 갈라치고 있다

사람들은 겉만 보고서
하얀 박꽃 두 송이
숨 막힐 듯 곱게도 피었다고
시(詩)를 쓰고 있다

콩골 타기

갱분밭 콩밭인지 풀밭인지
제초제 칠까 말까 갈등 속에
결국 콩골을 타고 밭을 맨다

나는 소가 되고
너는 사람이 되고
쟁기를 끌며 헉헉거리고 있다

어린 시절 배내골 뒷등콩밭
어무이는 소가 되고
아부지는 사람 되듯

오십 년 전 무식한 방법으로
콩 농사를 지은 무농약재배
상북의 두부 전문식당 선혜미가에
납품된다

그래도 그렇지
소가 되기는 정말 힘들다
헉헉 혀가 닷 발이나 빠진다

평소 감정이 많았나
선혜미가 사장님 신랑
생기를 힘껏 누른다
확 제초제 쳐버릴까 보다

달콤한 고백

배내골 이천분교 일 학년
여름 방학 책 받아 들고 들뜬
맘으로 점빵에 들렀다

건빵 사는 상문 채윤
도화지 사는 유대
고무줄 사는 상숙이
연필 사는 순자, 대화
나는 서울사탕 먹고 싶은데
돈이 없다

얼마나 먹고 싶었는지
혼잡한 틈을 타서
서울사탕 한 개 슬쩍 훔쳤다

가슴이 쿵쿵 뛰고
숨이 가파르고
친구들이 보는 것 같고
설금설금 뒷걸음질로 나와
달음박질 쳤다

갱미소 바위틈에 앉아
하얀 눈깔사탕 입속에 넣자
처음 느끼는 달콤한 맛
그냥 웃음이 나고 작아만 지는
사탕이 미웠다

머리가 희끗한 지금
살아오면서 가슴 한켠에
꼬깃꼬깃 숨겨둔 내뱉고 싶었던
달콤한 고백

부끄럽다

밤새 끙끙 앓으신 어무이
새벽 막사 앞에서 패악을 치신다
"큰아야 내 죽도록 아픈데 마노"
침묵한다
속으로는 "누가 뙤약볕에 점심도
안 먹고 밭 매라 했나"
"니 내 죽기를 바라제"
"내 없이 잘살아 봐라"
침묵한다
속으로 "그만큼 일하지 마라 안카더나"
아침상 앞에 숟가락 놓으시며
"아파 죽겠다"
병원 가서 링거에 몸살 주사 약 지어
"오늘은 좀 쉬소 어무이"
"오냐 알았다"
물꼬 보고 오니 안 계신다
그사이 밭에 가셨다
미친 척 모시러 안 갔다
어둠이 깔릴 무렵 대문을 들어서며
"니 내 죽어도 좋은 갑네"
침묵한다
"와 데불러 안 왔노"
침묵한다

더운물 받아 "마 씻어이소"
오후에 고아 놓은 토종닭
한 그릇 드리우니
"아따 마싯다" 하신다
눈물 거렁거렁 잘도 드신다

늙으면 서럽다
늙으면 아이가 된다
늙으면 황소고집이 된다
늙으면 불쌍하다
너나없이 늙는다

미친 척한 행동이 부끄럽다
어무이
"마 오래 사소"
허공에
젓가락질만 반복한다

갈대의 울음

순간 쏟아진 비로
태화강 불어나 휘돌아 흐르는 물결에 갈대 허우적거리고 있다

바람에 흔들려 흐느끼더니
물속에 잠겨 꺼이꺼이 소리 내서
억울함 쏟아 낸다

생존 위한 쓰러짐이었거늘
시류에 흔들린 지조 없는 낙인(烙印)
갈대에 순정이라

겉만 보고 그렇게 말하지 말게나
육신은 흔들려 흙탕물에 찢기어 난도질당했어도 속 깊은 마음은
님 향한 깨끗함 그대로이니

비 오면 비에 젖고
바람 불면 흔들리고
젖는 줄 모르고
흔들리는 줄 모르고
살았을 뿐이었네

제목 : 갈대의 울음
시낭송 : 박영애
스마트폰으로 QR 코드를 스캔하면
시낭송을 감상할 수 있습니다.

접시꽃

소쩍새 우는 산골 밤은 익어
부풀은 젖무덤 흐르는 체액으로
모시 적삼에 비친 검은 젖꼭지
호롱불에 흔들린다

솟구친 열기의 꿈틀거림
잘근잘근 깨문 입술 붉게 물들며
흙벽 손톱자국 찍어 가는
후덥지근한 여름밤이 서럽다

첫 닭 우는 새벽
긴 머리 감아 틀어
흐트러진 매무새 여며
물동이 이고 일어서는 단아한
모습 뒤에 한숨 흐른다

햇살 비춘 아침
연분홍 곱게 차려 입고
사립문 바라보며 밤새 기다림에 신음하던
당신도 어머니이기 전에
가냘픈 여자였다

그날도 아버지의 거친
숨소리는 들리지 않았다

나의 채전에 가면

눈 비비고 아삭한 공기
씹으며 채전 입구 들어서면
당아욱 웃지마 나 쓰러져
접시꽃 하늘 높이 계단 딛고
연분홍 속살로 보이지마
나 걷기 힘들어
오이 탱글탱글 한 놈 똑따고
고추 쭉쭉 내리 솟아 두 개만
상치야 이리와 몇 닢 까리고
강낭콩 주머니 많구나
부추란 년 머리산발로 자고 있네
옥수수수염 살짝 당겨보고
도라지 꽃망울 부풀어
건드리면 터질 것 같아 슬쩍
비켜 돌며 유혹하지마
가지꽃 별처럼 쏟아지고
뚱딴지 하늘을 찌르고
노란 매실 한 개 똑따 깨무니
새콤달콤 침이 흐른다
툭 소리 내며 떨어진 살구
냉큼 주워 주머니 넣고
한 바퀴 빙 돌며
눈 맞추며 도란도란

동글동글 쭉쭉 까르륵
초록웃음 속에
농부의 투박한 손엔
아침상이 들려있다
보릿짚 모자 아래 구릿빛
얼굴엔 미소가 핀다

땅강아지

천전마을 안골 논두렁길
하루가 다르게 커가는 모들
싱그런 꿈으로 콧노래 흐른다

아니 이게 무슨 날벼락
논에 물이 없다 유효분얼기까지
물이 충분히 있어야 하는데
조금씩 나오는 물을 혈관의 피처럼
관리했는데

땅강아지 이놈
기어이 일 저질렀네
땅속을 헤집으며 식물 줄기를
갉아먹는 나쁜 놈의 새끼
손가락만한 구멍으로 논둑을
무너뜨리는 대단한 놈

십 년을 넘게 싸우다 보니
미운 정 들어 사랑하게 된 놈
평생 어둠의 자식들처럼
땅속에서 삶을 땅속 공기순환이라
정당화하며 인삼밭도 찾아내는
영악한 놈

어릴 적 아부지는 네놈을 잡아
말려서 볶아 가루 내어 변비로
고생하시는 할머니 약재로
사용했는데 광고라도 할까

오늘 아침 네놈의 삶 위해
내 삶 논둑을 무너뜨린 죄
나의 삽질로
팔뚝 근육 키운 공로로
너의 죄를 용서하노니
땅강아지 이놈 새끼

표절

들꽃이 장미껍질 뒤집어
쓴다고 아름다운 건 아니고
잡초처럼 살다가 꽃피워
향기로 길손을 불러 앉혀야
제맛이다

화단 해바라기 너무 고와
감정 솟은 가슴을 시로
만들어 도둑맞은
무명시인은 상처 난 감정에
소금 뿌린 아픔을 삼켰다

세상별처럼 많은 시인
모두가 시를 쓰도 사랑받음
아니다
삶을 에둘러 표현하고
가슴 물컹한 무너짐을 머리로
옮겨 크든 작든 독자의
맘을 흔듦이 시인의 매력이다

아름다운 시인의 감정을
훔친 시어는 시궁창 냄새가 난다
표절은
순수한 시인의 가슴을 강간하는 것이며
뻐꾸기 오목눈이 둥지를 훔친
탁란이다

화려하진 않아도
가는 길 멈추어
쪼그려 앉아 보게 하는
들꽃 같은 시들이 지천으로 피었으면

인생살이 구단

눈개비 내리는 아침
보리타작 생각에 심드렁한 심사
어무이
"큰아야 들깨 심자"
"비가 적게 와서 안돼요"

오랜만에 뒹굴뒹굴

"큰아야 들깨밭 뚜디릿나
 내 들깨 숭구러 간데이"
할 수 없다
어무이 똥고집은 못 꺾는다
황소 목을 휘어잡을지라도
우찌그리 고집이 강한지
기어코 모종을 뽑으셨다

경운기 들깨모종 싣고
어무이 태우고 방기말
들깨밭 도착하니
어무이
"큰아야 니는 집에 가거라
 내 어두울 때까지 심고 가꾸마"

아이고 허패야
오늘도 인생살이 구단
어무이 능구렁이 같은 작전에
속았다

어무이는 입으로 심고
나는 호미로 심고
들깨밭은 푸르르 가고

그러하더라도 사랑하라

어둠이 꽁지를 감춤 따라
논두렁 걷는 농부는 밤사이
일어난 온갖 변화들을 정리한다

논둑길은 만남의 길이다
개망초 민들레 돈나물 고들빼기
쑥부쟁이 꽃들이 이슬을 머금고
장화발이 움직임을 거부한다

산 쪽 논두렁엔 산딸기 익어
농부의 혀끝을 유혹하니
새콤달콤 맛에 취해 순간을
잊는다

노루가 지나간 발자국에 밟힌
모포기 바로 세워주고
땅강아지 두더지가 뚫은
물구멍을 막는다

물이 모자라 갈증에 흐느적거리는
벼포기를 다독이니 놀란 꽃뱀이
대가리를 쳐들고 몸을 납작인다
화려함에 독도 없는 것이

무당개구리 사랑에 허리끈을 잡고
엉무구리 놀라 튀어 오르니 놀란
농부 입에 비명이 터진다
"놀래라 이놈아"

농부가 걷는 논둑길은
어제의 길이 오늘의 길이 아니다
벼가 성큼 커지고 꽃들이 피고 지고
동물들이 놀다간
흔적들이 있기 때문이다

농부는 매일 보는 논들이
새롭게 보이기 때문에 가슴이
설렌다
그래서 땅을 사랑하는 것이다

쌀값이 올라 돈이 된다는
그러하기 때문에 땅을 사랑함이
아니고
쌀값이 내려 돈이 안 된다는
그러하더라도 땅을 사랑하는 것이다

자연의 순응함을 알기에
아무리 발버둥 쳐도 농사는
자연의 위대함에 기대야 한다
황금들녘도 태풍의 한순간에
날아가니

살아보니 그렇더라
우리 잡스런 조건을 버리세나
때문에를 버리고
그러하더라도 사랑하세나
이순의 농부가 터득한 진리인데
싫음 말고

엉무구리 : 토종개구리

내 삶

눈꺼풀 억지로 비비고 소막사
사료 스무 댓 바가지 주고
소똥을 치워도
내 가슴엔 고운 사랑이 있습니다
들녘 밭을 고루어 깨 씨앗 뿌리면
깨알 같은 맘들이 송글송글합니다
이렇듯 꽉 찬 맘 당신은 모릅니다
사랑 받기 위함보다
느낌 그대로 샘솟는 맘
저절로 세포가 열리는
자연스레 함께하는 소박한 사랑이
내 가슴에 있습니다
살아 움직이는 동안 꽉 찬
소멸되지 않고 솟아나는 사랑
아.
보고 듣고 느껴도 행함이
없다면 사랑이 아닙니다
어스름 새벽 물안개 핀 들녘
당신의 가슴을 이렇게 사랑합니다
내가 나고 가야 할

가난이 남긴 흔적

어린 시절 머물고파
밀밭에 설익은 밀 한 단 베어
밀살이 한다

짚불에 구워
반쯤 타고 익어가는 밀 꼬투리
손바닥에 비벼 호 불어 씹으니
그 시절 그 맛은 아니다

남의 밀밭 기어들어
꼬투리 이빨로 깨물어 호주머니
불룩하게 따 넣어 도랑가
마른 갈대 위에 불 질러
손으로 비벼 입이 까맣도록
먹었던 순간
어찌 그리도 맛나던지

시대 변한 입맛
추억의 정서는 그대로일지라도
가난해도 따스했고
배고파도 웃었던
사랑 가득 넘치는 사람 냄새 그립다

배고픈 시절
먹는 게 소중했고
배고픔이 뭔지 알기에 서로를
배려하고 사랑했다

풍족한 세상에
내 맘대로 세상이 살아지지
않는다고
내 욕심 돈이 되지 않는다고
삶을 지지고 볶아 댄다

누구든
삶을 함부로 재단하지 말라
검은 교복을 입은 체 식당에
일하면서 배고파
손님 남긴 찬밥을 주머니 훔쳐 화장실에서
씹어 보지 않은 삶이
어찌 작은 행복을 알 수 있을까

어무이 뒤끝

아야 아야
아이구 다리야
어무이 주무시면서 잠꼬대
새벽에 나가 저녁때 소막사
들어서니 올마늘 캐서 끌게에
싣고 얼마나 용을 쓰셨던지
끙끙 앓으신다

모내기철 새벽에 나가면
어두워 들어서니 챙겨드리지
못한 짠하고 죄스런 마음
일 나가면서
"어무이 송아지 새끼 낳을라 까니
 지키고 계시다 전화하시소"

그렇게 삼일을 송아지 낳을까
막사를 오가며 잘도 지키고
계셨다
속으로 웃으며 저렇게 집에 좀
계시면 얼마나 좋을꼬

사일 째 어둠이 내릴 무렵
논일을 하는데 전화가 울린다
"큰아야 송아지 새끼 낳을라 한다"
하시곤 전화를 끊어버리신다
급히 막사 들어서니 아차 싶었다

좀 쉬시라고 송아지 낳는다
지키고 계시라 했더니
결국 한 방 먹었다
거실에 들어서며 송아지 어딨냐고 했더니
어무이 먼 산 보시면서
아까 낳을라고 꽁지 들던데……

삽질

아랫배 힘을 주고
호랑이 토끼 잡듯 혼신을 다해
삽질을 한다

트랙터가 할 수 없는 논 뒷구석
흙무더기 삽으로 정리하며
삽을 생각한다

할아버지는 삽으로 묵정밭을 일구어
가족을 먹여 살렸고
국가가 위급할 때나 농민 붕기때
무기로 사용됐고

아버지는 비탈밭을 삽으로 이랑을
만들어 잡곡을 심었고
신변에 위험이 닥치면 삽으로
몸을 보호했다

삽질 우습게 보지 마라
흙을 팔 때 삽날 위를 밟아
삽등을 지렛대로 활용하고
한 삽 한 삽 파고 찍은
결과물로 가족이 먹고 살았다

농민의 영혼이 담긴 삽
삶의 허기진 고비를 넘을 때
얼마나 몸을 실어 흙을 팠으면
몽그라졌을까

어릴 땐 몰랐다
땅을 왜 파야 하는 지를
헛간에 닳아빠진 녹슨 삽날이
아버지 육신을 갉아먹었음을
이순의 나이에 삽질을 하며
깨닫고 있음을

오늘도
양다리와 아랫배에 힘을 주고
삽자루 쥔 양손바닥 굳은살
되도록 흙은 파고 있다
파고 또 판다

삽
참 충성스런 놈 네 육신
닳아 몽그라질 순간까지
배신을 모르는 놈
우직한 네 충정 팽개칠 수 없어
흙을 판다
오늘도 내일도

농부는 네가 닳아야 먹고살고
네놈은 주인의 육신을 갉아
먹어야 할 삽이니까
질기디 질긴 인연

꿩알 한 개

산과 연접한 만당논 호밀 작업
하는데 푸드덕 까투리 난다
멀리 가지도 않고 주위를 맴돈다
느낌 온다
날아오른 자리 살펴보니
꿩알 열세 개 낳아 품고 있다
사람 소리에 놀랐나 보다
순간 어무이 생각에 둥지째
들고나오다 걸음을 멈추었다
자식 보쌈당한 까투리 땅 치며
통곡할 상상에 다시 제자리
갖다 놓고 한 개만 훔쳐왔다
계산할 줄 모르니 없어진 줄
알 까닭 있을까
집에 와서 삶아 어무이 드렸다
"큰아야 맛나다 이게 어딧더노"
한 개뿐이더나 하신다
그냥 하늘만 보며 침묵했다
까투리가 몰라야 하는데

필때만 이쁘냐

꽃이 핀다
모두가 와 하고
넋을 잃고 바라본다

봄 여름 가을 겨울
싹트고 꽃피고 열매 맺고
변화를 거듭하지만
꽃이 피는 순간이 아니면
거들떠보지도 않는다

꽃피는 과정을 보라
싹트는 진통
꽃피는 떨림
열매의 환희
순간순간의 변화
얼마나 가슴 떨리는가

피어 있는 순간은 십 일을
넘지 못한다
꽃피우기 위한 변화를 알아야
참 아름다움을 느낄 수 있다

피는 순간만을 예뻐함은
가장 이기적인 감상이다
칭얼댐을 외면하고
아가의 재롱만
예뻐하는 것처럼

그리움은 사랑입니다

사랑의 웅덩이 아픔 넘쳐
파버렸더니
메마른 가슴으로 걷는 길엔 자갈 소리만 요란했습니다

산비탈 너들 같은 성걸은 삶에 유성처럼 떨어진 당신 사랑이
싹터 그리움으로 피어오릅니다

피어난 생각들
깊고 큰 눈동자에 투영되어
밤하늘 별이 되어 당신과 내 가슴 이어지는
사랑의 길이 되었습니다

일을 하면서도 솟구치는 그리움 조각들이
유성처럼 휙휙 나타났다
사라지는 영상이
가슴 조임 반복으로 나를 허물어지게 합니다

삼월 끝자락에 매달려 벚꽃이 꿈이 되고 사랑이 된 사연
몽당연필로 침 묻혀 까만 하늘에 꾹꾹 눌러
연서를 쓰고 있습니다
그리움은 사랑이라고

밤이 깊을수록 모여진
무더기 탐스런 꽃들이
뚝뚝 떨어져 당신의 가슴에 쌓여갑니다

피어서 아름다운 이야기
맘에 담아서 더 고운 사랑
사랑이 깊은 만큼 강한 그리움
까만 하늘에 매달려
깊은 동공 속으로 파고듭니다
사랑의 깊이 만큼 아프게

벚꽃은 터지고
겨울의 마지막 미련
먼 산 눈 내린 찬바람에 볼기짝
맞은 찰나의 아픔에
꺼이꺼이 울고 있습니다
그리움은 사랑이라고

제목 : 그리움은 사랑입니다
시낭송 : 박영애
스마트폰으로 QR 코드를 스캔하면
시낭송을 감상할 수 있습니다.

사랑은 아름답다

앙상한 까만 몸둥아리
주검처럼 겨울 견디고
봄바람에 눈을 뜬 벚나무

조금씩 밀어 올린
팽창된 하얀 체액을 꾹 참아
한꺼번에 쏟아내고 있다

따스한 봄날의 애무
순백의 사랑에 빠져
타오르는 뜨거운 열기
봄비마저 식히지 못하고

뭇사람 오가는 대로변에서
오직 사랑 하나에 취해
모든 열정 쏟아내고는
푸른 치마 당기고 있다

꽃이 더욱 아름다운 것은
사랑하고 있기 때문이다
사랑은 억지로 만드는 것이
아닌 까닭에
때가 되어야 연이 된다

밤송이 자연스레 익어
바람 불면 우두둑 떨어지듯

벚꽃

곱게 여민 단추
부풀어 툭 터져
삐져나온 하얀 젖무덤

수줍어 눈길 둘 데 없어라

미치도록 사랑을 나눈
절정의 떨림에
화르락 쏟아져 내린
마지막 정사

버찌가 까맣다

목 련

긴 겨울 끝자락 밤을
홀로 지센
옷고름 잘근잘근
끓어 오른 열정
치마끈 동여매어 감추었건만

봄바람 스침에
툭 터져 그리움 흘러내리고
숨겨진 향기로
님의 호흡 멎게 하니

감미론 손길 흐르고
마지막 부끄럼 허물어
떨리는 가슴으로 임의 품에
쓰러지니

쌓였던 그리움 녹아
단말마 비명에 진저리쳐
황홀한 나비떼 흩어진다

화르락 봄나비 날고
나목에 날개를 접는다
온 천지가 봄나비다

인연

봄결아
함부로 맺지 마라
좋은 인연은 잡고
나쁜 인연은 흐르게 두라

인연을 맺는 것은
향기에 취해 하얗게 된 가슴에
말없이 젖어 물드는 것이더라

다른 환경에서
다른 색깔을 하고서도
서로의 향기에 묻혀가는 것이더라

나 하나 버리고
너 하나 채워서
서로의 가슴에 죽는 것이더라

인연이 아니면
나를 보이지 마라
그것은
고스톱 치면서 상대에게
패를 보여 주는 것과 같더라

잘못된 인연은 흐르게 두고
좋은 인연은 최선을 다해 잡아
아름답게 꽃을 피우거라

삶은 만남이니까

물꼬

비가 오면 트고
가물면 막고
더 가물면 이웃 논에서
삽으로 푹 파 물 도둑맞고
물싸움에 목숨도 건다

잘 조정하면 적당량 물이
나들어 채움과 비움의 미학으로
농부의 지혜를 따라 벼가 자란다

막으면 둑이 터지고
파면 논바닥 말라 벼의 성장이
더디다
벼는 필요 이상의 물을 흡수하지
않는다 과하면 뿌리가 약하고
모자라면 성장을 멈춘다

때문에
농부는 매일 새벽 논두렁을
밟으며 물꼬를 살피고 벼와 대화를 한다
유효분얼이 끝나면 물을 빼
뿌리를 강하게도 한다

물꼬 트고 막는 일
벼농사의 성패가 달렸으니
농부는 물을 다스린다
물꼬를 지난 물은 돌아오지
않는데 ......

어떤 이별

초산이고 겨울이라 걱정이다
산통이 점점 강해지는 어미 소
순산하기만을 빌고 빌었다
네 다리 쭉 뻗고 힘을 다해도
발 두 개만 들락날락한다
네 시간이 흘러도 머리는 나오질 않는다
어미 소 탈진상태 위험하다
수의용 장갑을 끼고 자궁 속을
더듬으니 송아지 목이 옆으로
꺾여져 있다
살짝 움직여 바로 세우고
앞발굽 위 노끈으로 홀쳐매었다
장정 둘이 서서히 힘을 가해 당겨도
송아지 너무 큰 탓에 나오질 않는다
경운기 시동을 걸었다
나일론 끈을 길게 이어 경운기 고리에 매고
어미 소 호흡에 맞춰
"서씨 아저씨 서서히 출발하세요"
"좀만 더 쭉 나가요"
송아지 콧잔등이 보이고 머리가
보이고
경운기 나아가고
어미 소 죽는 소리로 울부짖고
퍽
쏟아져 나온 애기집

강아지풀

길섶 어디에나 지천으로 자라
눈길 받지 못한 평범한 초록 꽃
땅에 닿을 듯한 허리 굽힘
부는 대로 순응하며 꺾이지 않는 속내

가슴에 담은 소중한 사랑으로
흔들림으로 위장한 눈물겨운 춤사위
속으로 푸른 독기 머금고
겉으로 하얀 미소 짓는 강아지풀

살랑 바람 밀려온 순간
말라버린 하얀 꽃대공
수백 마리 강아지떼 되어
콩콩 짖어 꼬리 흔들며
깨알 같은 까만 진실 토하고 있다

하얀 사랑

치자꽃 앞에 쪼그리고
앉아 네 하얀 백치의
신비에 젖어있다

널
사랑할 수 있다면
네 유혹에 빠지고 싶다

고혹적인 하얀 순수
향기에 사지가 허물어 내려
지상에서 가장 아름다운 사랑의
노예가 되고 싶다

사랑할 수 없는 가난마저
무너뜨려 어찌 그리 도발적
아름다움으로 돌덩이 같은 가슴을
녹아내리게 하느냐

야하지 않으면서 더 야한
심장을 멎게 하는 네 향기 속에
허우적거리며 사랑에 스미고 싶다
그 순간이 삶의 끝일지라도

나리꽃 2

깊은 산 속 외로움 흘리며
촉촉히 젖은 향기에 유혹되어
가냘픈 네 목줄기 입맞춤하니
붉은 여심이 꿈틀거린다

깍짓손으로 네 눈길에 젖어
퍼덕이는 육신 사랑의 목마름에
눈물조차 말라 가슴만 쥐어뜯은
긴긴 밤
허물어져 내린 가녀린 육신

손끝 스침에 옷고름 흐른 유혹
살랑이는 바람의 움직임에 충실히
보답하며 단 한 순간 일지라도
후회 없이 활활 타올라 재가 된 사랑

사랑의 불꽃으로 타고 타올라
네 아름다움 되살리니 지상에서
가장 아름답고 신비한 비경으로
하이얀 눈물을 삼키며 숨을 토한다

넌 내생의 최고의 여자였다

이순 耳順의 나이

이제
남은 날이 작다
사춘기 소녀의 젖망울 영글듯
살아온 시간을 되새김하며
바람에 날리는 새조기 홀씨처럼
초연한 마음으로 시 詩를 쓰자

인생에 끝이 없다면
얼마나 징한가
아옹다옹 살아온 날들
모두 다 내려놓고
비우고 또 비우고
가슴 아린 이야기도
한 편 시 詩에 날려 보내자

황혼의 붉은 열정이 막을 내리고
어둠이 깔리면 잠이 들듯
그렇게 편안하게
신도 부러워하는 한 편의 시 詩를
퇴고하자

산다는 것은
가슴 울리는 한 편의 시
이제
마지막 연의 정점을
가장 편안하고 홀가분하게
마침표 찍을 준비를 하는 게야

수선화

가슴 시리게 고와도
사랑해 줄 이 없어
가는 모가지 빼고
기다림에 빠졌다

금잔 은대에 그윽한 그리움
향기 가득 담아 살랑이는 봄바람에
남실남실 쏟아질 듯

톡 건드리니 울컥 쏟아진 눈물
비어버린 부화관 금종되어
외로움 울려 퍼진다

끈질긴 구애
도도한 자존
찰랑이는 술잔에 투영된
죽음으로 환생한 사랑

그리움 한 잔
보고픔 한 잔
그리고
네 맘 꽉 채워 또 한 잔

봄바람에
빈 술잔 흔들린다

부모의 가슴은

새벽 다섯 시
소들의 밤새 안녕을 살피고
사료를 주는데 못 보던 자루 하나
풀어 보니 풋고추가 시들어 가고 있다
이 구석에도 저 구석에도
다람쥐 도토리 숨기듯 감춰줘 있다
밤새 작은놈 안 온다고 욕을
퍼붓기에 낼 온다고 했더니
온종일 아픈 다리 끌며 애호박이며
뭔지 모를 것들을 준비해
놓으시고
까닭 없이 대문을 들락이시고
집을 몇 바퀴 도신다
돈으로 환산하면 기름값도
안될 터인데
어무이 가슴에는 또 다른 셈법이
숨어 있겠지
숨겨진 풋고추 자루들이
아프도록 서러운 새벽이다
경운기 소리로 마음을 빗질하며
새벽을 지운다

사람 사는 세상

새벽 다섯 시
"아들 있나?"
잠결에 부르는 소리에
눈 비비며 나가 보니
연연 댁 아지매 오셨다
"수돗물이 안 나와 밥 못해 먹겠다
가보자"
소밥도 주고 콤바인 청소도 해야 하는데
그래도 '밥 못해 먹는다는데'
가보니 계량기 꼭지가 고장이다
부속 사다가 고치고 나니
쇠고깃국 끓여 밥해 놨다고
먹고 가란다
'바쁜데 참말로'
시간은 빼앗겼어도 안도하는
아지매 얼굴을 보며 웃고 만다
대문까지 따라 나와 고맙다를
반복하며 돌아서는 뒷모습이 아린다
집에 들어서니
어무이 "야가 미쳤나 소밥도
안 주고 돌아 댕기노"
"어무요 기계 부속 사러 갔신더"

"아, 글라 난 또 헛지랄하는 줄
알았지"
하하,
산다는 것은 연극이 아닐까?

물거품 (泡沫)

눈을 감으면
당신의 속살거리는 소리
당신의 감미로운 손길 다가와
당신의 흔적 속에 울고 있습니다

눈을 떠도
당신의 눈망울 흐르고
당신의 향기 스며들고
당신의 온기가 파고드는
당신의 시간 안에 흐느끼고 있습니다

수평선에서 시작된
가슴 뛴 만남의 인연이
너울 파도를 타고 내 가슴에
부서져 소리치며 자지러지는
사랑의 뇌성은 아름답기만 합니다

눈을 감아도
눈을 뜨고
길을 걸어도
보는 꽃들에 듣는 파도 소리에
아니
모든 것들에 당신이 있어 행복하기만 합니다

부서져 아름다운
깨어져 행복한 파도여

사람은 자연이다

자연은 사계절 질서로
우리네 삶을 일깨운다
잎이 나고 꽃이 피고 열매 맺고
죽은 듯이 서 있는 나무
속을 가만 들여다보면
조금씩 자라고 있다
추위 속에 자란 만큼 나이테
옹골차다
그래서 비바람에 버틸 수 있고
겨울이 독할수록 봄이 화려한
거라고
허허
그대 관상을 보아하니
하나를 얻으면 하나를 잃어야 하는
자연의 섭리를 역행하고 있구나
봄도 겨울도 절대 길지 않음을
명심하게나
사랑도 아픔도 그리움이니

미꾸라지의 독백

무더위와 가뭄으로
논바닥 깊숙이 잠만 자다가
가을비 내려
겨울나기 준비 위해
쫄랑쫄랑 먹이 찾아 헤매다
고소한 깻묵 냄새에
단바람에 유혹되어
주린 배 채워 정신을 차려보니
나갈 구멍 없어라
내가 통발을 알았다면
어찌 죽음을 자초했을까
굶주림이 죄가 되더냐
잔머리만 굴리는
간사한 인간들아

방생 아닌 방생

논둑을 깎는다
잡초란 놈 어찌나 잘 크는지
칼날에 스러져 날리는 순간
푸다닥 노루 새끼 튀어 올라 논 가운데로 달아난다

쫓고 쫓기는 숨바꼭질
힘 빠진 노루
뒷다리 움켜쥐니 깨악깨악 발악한다

벼를 포기째 잘라놓고
콩밭을 쑥대밭으로 만들고
고추마저 잘라 먹고
죽이려 패대기치려는 순간
슬픈 눈으로 바둥거리는 모습에
손을 멈춘다

먹이 찾는 본능적 삶의
허우적거림을 어찌 너만 탓하랴
우리네와 다를 바 없는 것을
배고픈데 뭔 짓을 못할까

손목에 힘이 풀린다
노루 새끼 풀쩍 뛰어
산속으로 후다닥 몸을 숨긴다

어무이 들깨밭 매시다 보시고는
"자가 와카노 볶아먹어도 시원찮을 판에"
못 들은 척 예취기 소리 높인다

염소치기의 하루

철구소 맑은 물에
더위에 지친 나무들이 멱을
감고 있습니다
나도 뛰어듭니다
알몸으로 첨벙거리다가
새파란 입술로 달궈진 너럭바위에
엎드린 순간 꼬치 끝이 화끈하게
달아오르고 떨림이 가시자
배가 고픕니다
붕알을 덜렁이며 바윗돌에
손을 넣어 직감으로 알을 품는
북찌를 잡아내어 산초 잎에
둘둘 말아 머리부터 씹어 삼키기를
반복하다 배를 만집니다
바위에 누워 하늘을 봅니다
풀어 놓은 염소들은 절벽 위에
나를 훔쳐봅니다
흠칫 놀라 멋쩍은 듯 돌을 주워 물수제비 뜨고 있습니다
배고픈 칠월이 길기만 합니다
해가 넘어가려면 더덕 몇 뿌리
더 캐 먹어야 합니다
산속으로 달음박질합니다

믿음보다 강한 본능

모내기 중인데
가슴이 계속 떨린다
급한 일인가 받으니
"큰아가 큰일 낫다" 하시곤
전화를 끊으신다
송아지 분만하나 싶어 집에 오니
노랑이가 없다고 역정을 내신다
마을안길 살피니 멋진 수놈하고
목을 감고 사랑의 몸짓이다
노랑아 불러도 순간만 쳐다볼 뿐
본능 앞에 주인도 배신이다
잡으려 가면 설설 돌기만 하고
먹다 남은 갈비로 유혹하니
뛰어와 안긴다
뭔가 잘못된 강아지
얼마나 배고팠으면
본능에 충실한 것일까
원초적 흔들림에 충실한 노랑이
목줄로 사랑을 구속했으니
어쩜 미움이 가득했으리라
먹고 자고 하는 일이 가장 중요한
목표인 노랑이 맘 어찌 알까
배신보다 강한 본능
인격의 잣대로 재단 말라
생긴 대로 살거니까

농부의 횡포

칠월의 태양으로 달구어진
논두렁을 예취기로 깎으니
등줄기 타고 내린 땀이 장화 발에
질척인다

칼날 회전에 튀어 오른 흙의 잔재와
풀잎들이 얼굴을 때리고
달콤한 꿀을 따던 벌 나비 주검으로
튕겨 나간다
피할 수 없는 아픔

하필 논두렁에 씨앗 떨어져
잡초라 불리느냐
산기슭 뿌리 내렸음 이쁨받았을 존재들
개망초 쑥부쟁이 고마니 강아지풀
칼날에 쓰러진 슬픔

유월의 항쟁 속에 자유를
부르짖던 함성
최루탄 속에 쓰러져 가던 남포동 거리의 젊은 영혼들의
눈물이 투영된다

산답의 높고 긴 논두렁
봄부터 발아래 물을 두고
목마른 그리움으로 울었던
천둥지기의 아픔을 지켜본
잡초들을 잘라내는 일

부모를 선택할 수 없는 아픔의
대물림처럼
떨어진 자리 자연에 순응하는 삶을
송두리째 짓뭉개는 횡포인지도
모를 일이다

숨이 차올라도
예취기 소리는 꺼질 줄 모르고
민초들의 푸른 피는 도랑을
이룬다

깨달음

반세기 함께한 내 멋진 엄지
장애육급 복지카드 남기고
사별한 지 일 년 육 개월
보기도 흉하고 상처는 쓰라리니
있을 때 소중히 다루지
못한 대가 톡톡히 치르고 있다

땅을 파고 글을 쓰며
땀 흘리고 열심히 살아야겠더라
모내기 때 왼손 몫을 오른손이
다하니 얼마나 힘들더라고
있다가 없으니 말이다
하나가 놀면 하나가 힘들어

잃어버린 반절을 위해
남겨진 육신 부끄럼 없이 살아 늙어감에 추함 없이
뒤돌아봐도 후회 없는
시간들로 채워
내 삶 끝나는 순간 먼저 간 반절과 뜨거운 해후를 해야지

내 삶은 스스로 의미 있는
흔적을 남기는 것
힘주어 부는 바람에 버티다 보니
힘주어 버틴 만큼 찢어지고 갈라진
상처로 미움만 쌓이더라

이제 바람의 세기만큼 밀려
나기도 해야지
있을 땐 몰랐다
잃어버린 자리만큼 아프고
힘든 것을
이순(耳順) 되어서야 육신의 소중함 깨달았으니
그나마 다행

변명하는 삶은 살지 말아야지
나를 믿고 사랑하는 사람은 이미 나를 알고
나를 적대시하는 사람은 어차피 믿지 않더라
연의 끈 놓아 버리자

내 너를 소홀히 한 죄로
남은 삶 곱게 살리라
있을 때 소중함 깨달았으면
너를 잃진 않았으리니
어리석은 놈
척 보면 알아야지
찍어서야 똥 된장 하느냐

술이 밉다

어둠이 내릴 무렵
골목길 흔들리며 술이 삼켜버린
아부지 영혼의 노랫소리
"못 견디게 괴로워도 ……"
대문을 들어서는 순간
어무이 다발총소리에 밥상은
하늘을 날아 마당에 뒹굴고
어무이 패악소리 높아갈 때
집안 가재도구 와장창 뽀개진다

술의 영혼 앞에
서열대로 꿇어앉아 반복되는
술주정 깊어가는 고통
무심코 뱉어버린 한 마디
"아부지가 와절노"
순간 번갯불 튀는 고통 참으며
헛간으로 도망쳤다

술에 빼앗긴 아부지 육신은
갈지자를 그리며 날 잡으러
오시다 정낭에 빠지셨고
날이 밝자 아부지께서는
똥독을 이기기 위해 똥떡을
드셨다
먼 산을 보시면서

동짓달 차가운 밤
짚동 굵게 파고들어 어무이
속울음 느끼며 꼭 안겨
떨면서
밤을 지샌 어린 가슴은
술이 너무 미웠다
지금도
술이 너무 밉다
아부지를 삼킨 술이

순간의 행복에 젖어

배내골 뒷등 비탈밭
밀이 익어갈 때 도리깨질에
놀라 튀어나온 밀알들
주게 덤이 물레방아 간으로
아버지는 지게에 나는 멜빵으로
철구소 오솔길 걸어 하루를
기다려 시커먼 국수가락을
만날 수 있었습니다

더운 유월의 해 질 녘
어무이는 무쇠솥에 시커먼
면발을 삶아 내어 솟아오른 옹달샘
찬물에 부추 마늘 간장에 말아
식구대로 멍석에 앉아 번개처럼
밀어 넣고 빈 그릇 내밀던 그 맛이
그립습니다

모내기 끝내고 물꼬의 높이를
조정하며 땀으로 젖은 육신
찬물 한 바가지 뒤집어쓰고
어린 시절 어무이께서 말아 주시던
국수 먹고파 그 시절보다 더 좋은
재료들로 만들어졌어도
어찌 그 맛이 아닙니다

우리네 삶이 영원할 수 없음에
순간순간 가슴 젖는 일들로
살고 싶은 까닭에 가슴을
비우고 또 비우니 시간의 흐름 위에
삶의 향기가 다르다는 것입니다

오월의 끝자락에
구슬피 울어 대는 비둘기 홀아비의
한탄이 들녘의 침묵을 깹니다
"뿌꿈뿌꿈 우째 살꼬 지집 죽고
 자식 죽고 나 혼자서 우째 살꼬
 뿌꿈뿌꿈 뿌……"

세월은 흘러도 비둘기 울음소리
그대로이고 삶의 질이 바뀌어
호사를 누리지만 그 시절 시커먼
국수 맛이 참으로 그립습니다

비둘기는 울어울어
가슴을 쥐어뜯어도 얄궂게도
눈물 없는 울음입니다

꽃이 아름다운 것은

논두렁을 예취기로 깎으니
제비꽃 애기똥풀꽃 고들빼기
개망초 .....
무수한 꽃을 발기발기 찢으며
가슴 아린 생각에 젖는다

태초의 원시림 속에 거추장스런
껍질을 벗고 아름다운
나신으로 살아온 우리네
조상처럼 산과 들에 화중왕
모란부터 가장 낮은 별꽃까지
어느 것 하나 꽃피지 않음이 없고
어느 것 하나 아름답지 않음이
없다

꽃이 아름다운 것은
스스로 거추장스러움을 벗어
던지고 가장 순수한 육신으로
사랑에 취해 있기 때문이다

사람의 때 묻지 않은 나신이
얼마나 아름다운가
그처럼 꽃도 여성의 가장
신비스런 비경의 영역으로
피어나 속박됨이 스스로 때를 알고
피어나 사랑을 하고 지기 때문에
아름다운 것이다

하우스에 피워진 꽃을 보았는가
억지로 화장을 시키고
억지로 사랑을 하게 하고
한 움큼 꽃다발로 태어난 모습
곧 시들어질 운명을 스스로 알기에
파리한 어둠의 그림자가 아니더냐

꽃이 아름다운 것은
구속이 없는 자유스런 때와 공간
속에서 가장 황홀한 사랑을 하며
체액을 서로 섞어 생명을 잉태
하는 순간이기 때문이다

사악함이 없이
서로의 파장에 감전되어
스스로 옷을 벗고 때를 알고

농부의 빈 가슴에

마음이 뜨겁고
순수하다고 해서
시를 쓰는 것은 아니다

그런데 말이다
마음에 열정과 순수가 없다면
그 어떤 경우에도 시를 쓰지 못하고
설령 시를 쓴다 해도 죽은 시가
된다는 것이다

비워낸 가슴에
맑고 아름다운 영혼과
삶에 일순간 감동을 담아
보는 이로 하여금 살며시 미소 짓게 하는 시
그런
시를 쓰고 싶은데

짧은 순간이나마
울컥하게 하는
그런
시를 쓰고 싶은데

어쩌지
온 산과 들에 미친 봄을
담기도 모자라는 가슴에
까닭 없이 흙만 퍼 담고
끙끙거리고 있다

어미 소 반란

병신년 일월 열아흐렛날 저녁
소밥을 주며 관찰을 하는데
성질 예민한 소 산기가 있어
분만실로 옮겼다

양수가 터지고 산고의 진통이
시작되고 빙빙 돌며 괴성을
지르더니 드러누워 네발 쭉 뻗어
힘을 주니 앞발 콧등 눈 귀
나오다 다시 들어가고 마지막
힘을 주니 송아지 쏟아진다

송아지 코 이물질 제거 순간
어미 소 벌떡 일어나 송아지와
나를 들이받고 머리로 굴린다
정신이 없다
순간
이렇게 죽을 수 있고
온몸이 소발굽에 뽀개질
생각의 스침

사력을 다해 어미 소 바라보며
소리치고 발길질로 빠져나와
송아지를 들이받고 눈알
시퍼런 광기를 뿜는
어미 소 고비를 파이프에 걸어 당기는 순간
이제 살았구나 휴

이 년 동안 하루 두 번 밥 주고
물주고 똥치고 보살핀 주인도
모르고 덤벼드는 그 순간
세상이 까맣더라
십 년을 넘게 소 키우며 처음 있는 일
삼십 분을 주저앉아 있었다

아무리 사랑을 쏟아도
소는 소일 수밖에 없더라
산고의 고통과 처음 겪는 일이라
본능에 따랐을 터
소가 무슨 죄가 있겠는가

사랑 없는 쇠막대기로
저녁성 유린한 소들의 반란이니
자기 새끼 뻔히 보고 발길질
젖은 퉁퉁 불어 뚝뚝 떨어지는데

시래기 삶이 부럽다

이렇게 추운 날이면
처마 밑에 포실하게 말린
시래기 한 움큼 풀어다가
무쇠솥 약한 불로 하루쯤 푹 삶아
누런 된장 몇 숟갈 넣고 쪼물쪼물
멸치 한 줌 휙 던져 푹 끓인 알싸한
시래깃국이 생각난다

이렇게 추운 날이면
가난했던 어린 시절 헛간에
엮어 말린 시래기 한 줄 가마솥에
푹 삶아 깔아놓고 갈치 몇 마리 사면서
얻어온 대가리 지져
보리밥 푸욱 떠서 시래기 척척
걸쳐 먹던 들큰한 맛이 무척이나
그립다

하얀 눈이 천지를 덮던 날
시래기 삶아 보리쌀 깐 시래기밥
간장 넣고 비벼 꾸역꾸역 눈물밥
먹던 순간이 울컥한다

비쩍 말라비틀어진 시래기 한 줌
우습게 보지 마라
허기진 배 채워주고
시린 속 풀어 주는 귀하신 몸
포실히 마른 시래기 앞에서
네 삶이 부러워 쓰다듬어 본다

어무이도 여자였다

어무이
열여덟에 시집와서
오십 년 아부지와 사시면서
가슴 깊은 곳에 아물지 않는 상처가 있다

술로 한 세월
구장 조합장 이십 년
자신의 삶보다 남을 위한 삶
그 뒤 숨겨진 한들이
어무이 가슴에 숯덩이째 엉켜있다

어무이도 여자였다
여자
평생을 연구해도 결론을 낼 수 없고
어떠한 단어로도 설명할 수 없는
가슴에 독기 서린 향기를 품은 여자

아부지 외도에 의한 질투
까닭 없는 폭력으로 억눌린 한
죽도록 일만 하다 늙어버린 육신
이제 할머니 되시어 깊은 한을
토해내고 계신다

여자의 가슴 깊이는 잴 수 없다
온 세상을 담고도 침묵하고
어느 순간 오뉴월 서리 되어
내리면 죽음보다 강한 이별의
독기를 뿜어낸다

행복은 느낌

사계절 바뀜 속에
피고 짐 반복하는
물상과 달리
삶은
한 번뿐인 피고 짐이다
지난 시간 해약할 수 없기에
행동으로 감동줄 삶 살자
추운 겨울 새벽
아내보다 먼저 연탄불 갈고
능청 떠는 그런

겨울비

눈물이 쏟아진다
하늘이 세상을 내려다보니
하도 인간사 가여워 저절로
속눈물 뚝뚝 떨어지나보다

슬퍼도 그렇지
농촌엔 가을걷이 뒷자락 하던 일
펴질러져 있는데
흰콩은 재 겨진 체 손길을 기다리고
볏짚은 썩어 소가 먹을 수 없고
보리 호밀 새싹은 슬픔에 젖어
허우적거리고
털다만 서리태 퉁퉁 불어 배 디집고
무 배추 물먹어 쩍쩍 갈라지는데
그만 그치거라
아님 사랑받을 곳에 내리든지

쌀 한 톨
콩 한 쪽에 삶을 기댄 순박한
농부의 가슴은 시커멓게
타들어 어디 소리쳐 원망도 못하는데
겨울비 끝없이 내린다

하늘에 지퍼를 달고 싶다

겨울을 걷는 새싹

낙엽 지는 덩걸 밭에
밀씨 한 줌 뿌려 놓고
서성인 기다림
꼼시락 꼼시락 내민 이파리
가슴이 찡하다

어둠 뚫은 앙당한 힘
곱디고운 여린 손으로
흙덩이 밀쳐 낸 앙가슴
무척이나 힘들었겠지

어쩌누
삼동 겨울 혹독한 시련 견디며
봄 기다릴 네 운명
푸르게 웃고 있어도
얼마나 아프겠니

허기진 배 움켜쥐고
손끝 시린 얼은 밥알
곱씹지 않은 이는
네 마음 볼 수 없어
그냥
새싹으로 여길 거다

떨어져 흐르는 낙엽 뒤에
또 다른 푸른 꿈이 흐른다
이렇듯
자연은 언제나 침묵으로
말을 한다

배추김치

까만 씨앗 톡 터져
애기 손바닥만한 이파리
비바람 이겨 내고 켜켜이
끌어안아 꽉 찬 이야기
튼실한 엉덩이 깔고 앉은
성숙한 자태

된서리 흔적 누드기 벗겨 내니
노란 속살 부끄럽게 젖은 가슴
우악스런 소금 질에 허물어진 육신
흐르는 맑은 물 살랑살랑 목욕하고
예쁜 사리소쿠리에 다정히 누웠구나

고춧가루 양념으로 붉은 옷 갈아입고 속살로 젖어들며
항아리 속 정겹게 살 부비며
삼동겨울 곰삭아 감칠맛 난 사랑으로 화려한 변신

눈 내린 겨울날 어스름 내리면
밥상머리 둘러앉아 하얀 이밥 푹 떠서 포기포기 맺힌 사연

 쭉쭉 찢어 풀어지니
하하 호호 웃음소리 담을 넘는다

홍시2

꼭지에 대롱대롱 매달려
찬 서리에 파닥이며
마지막 육신을 짓물려
온몸 송두리째
당신 가슴에 터질
꿈으로 젖어있다

붉은 웃음 창공에 흘리며
가슴길 따라
사뿐사뿐 걸으며
당신께로 향한 교태로운 날갯짓

봄의 따사로움 한 줌
땡볕 받아낸 열정 한 움큼
아침이슬 한 방울
장맛비 한 바가지
붉은 속살로 응축되어
당신 고운 입술에 닿으면
녹아내릴 속내 숨기고

침묵하고 싶었는데

빡빡머리 머시매 여동생 업고 모내기 논 젖 먹이러 가던 길
물잡은 논 언덕배기
까만 오디의 유혹
나뭇가지 올라 한 옴큼 따서 입에 넣는 순간 어찌나 달콤한지
가지 끝으로 손 내민 순간
업었던 여동생 쏙 빠져 무논에 굴러 빠졌다

뻘탕된 얼굴 그냥 까맣다
골짝물에 다리 잡고 흔들어
보니 이마 피가 흐르고
여동생은 울어울어 배내골 골짝 울리고
겁이 난 머시매 같이 울고

개울 건너 모심던 엄마
달려오셔 젖 물리자 울음 뚝
그날 아도 못본다고 얼마나
두들겨 맞았는지
그 여동생 이마 흉터 볼 때마다 철없는 미안함 피어난다

눈감는 순간까지 침묵하고 싶었는데
뒤돌아본 삶에 잘못된 흔적
하나 둘 지워야
서산을 넘는 발길 사뿐사뿐 하겠지

제목 : 침묵하고 싶었는데
시낭송 · 김탁오
스마트폰으로 QR 코드를 스캔하면
시낭송을 감상할 수 있습니다.

아이스께끼의 흔적

배내골 이천분교
봄 소풍 가는 날
일 학년 가슴은 설렘으로 꽉 찼다

사각 도시락 보리밥 멸치볶음
보자기 대각선 둘러매고
봄바람 맞으며 장구메기 넘어
사십 리 걸어 석남사

"아이스−께끼 ~" 처음 듣는 외침
십 원 주고 다섯 개 받아 쥐고
달콤 시원함에 젖었다

네 개는 빈 도시락에 담아
아부지 엄마 동생 얼굴 그리며
즐거운 달음박질

어둠이 깔려 사립문 들어서고
가족들 둘러앉은 앞에 으스대며 도시락 뚜껑 연 순간
막대기 네 개 나란히 누워 있었고

한참을 억울해서 울었다

제목 : 아이스께끼의 추억
시낭송 . 박대임
스마트폰으로 QR 코드를 스캔하면
시낭송을 감상할 수 있습니다.

175

산다는 것은
한 편의 詩

정상화 제2시집

초판 1쇄 : 2017년 4월 24일

지 은 이 : 정상화

펴 낸 이 : 김락호

디자인 편집 : 이은희

기 획 : 시사랑음악사랑

인 쇄 : 청룡

연 락 처 : 1899-1341

홈페이지 주소 : www.poemmusic.net

E-Mail : poemarts@hanmail.net

정가 : 12,000원

ISBN : 979-11-86373-67-5